CARAMBAIA

9

Aḥmad Ibn Faḍlān

Viagem ao Volga

Relato do enviado de um califa ao rei dos eslavos

Tradução e apresentação
Pedro Martins Criado

APRESENTAÇÃO
Pedro Martins Criado
7

VIAGEM AO VOLGA
21

OS PERSAS E OS TURCOS
25

OS ESLAVOS
53

OS RUS
79

OS KHAZARES
91

DIVISÕES POLÍTICAS
DA EURÁSIA
96

MAPA POLÍTICO ATUAL
97

CRONOLOGIA
99

ORIGINAL EM ÁRABE
62 – 1

Apresentação

A viagem de um relato

A história deste livro é como a de um grande viajante. Ela se inicia entre os anos 921 e 922 d.C. – ou 309 e 310 H., de acordo com o calendário islâmico[1] –, período em que um representante do califado árabe registra a trajetória de sua comitiva durante uma missão diplomática. Esse relato foi utilizado, no século VII H./XIII d.C., como fonte de pesquisa por um geógrafo que escrevia uma enciclopédia sobre os países então conhecidos. Séculos mais tarde, somente em 1923, foi descoberto no Irã um conjunto

1 As datas neste livro são dadas tanto pelo calendário cristão (a.C./d.C.) como pelo calendário islâmico, que conta o ano 1 a partir da Hégira, simbolizada pelo H. Hégira, do árabe "migração", é uma referência à fuga de Maomé de Meca para Medina, no ano 622 d.C. [TODAS AS NOTAS SÃO DESTA EDIÇÃO.]

de manuscritos do século VII H./XIII d.C. contendo quatros livros – entre eles, uma versão incompleta deste relato. Tal versão, por sua vez, passou a circular em sua primeira edição independente após a fixação em 1939.

Se é difícil determinar a amplidão da influência que este texto exerceu durante sua história, é possível afirmar que não foi pouca. Seus efeitos são observados na cultura árabe – que o consagrou entre os ícones do período histórico de maior proeminência do espírito inovador islâmico – e no Ocidente, como uma fonte histórica medieval acerca do Norte e do Leste europeus, Sudoeste Asiático e Islã, e seguem até hoje inspirando produções culturais contemporâneas. Tanto o relatório como seu autor, pela forma única de descrever o mundo, manifestam o poder de um testemunho. Talvez superficialmente seja possível tomá-lo como um documento meramente protocolar – seja pelas várias minúcias referentes a deslocamentos, personalidades citadas ou assuntos administrativos, seja pelo estilo direto, objetivo e seco de seu escritor. Entretanto, o que se extrai de seu testemunho não é um registro burocrático ou uma narrativa convencional, mas um relato da perspectiva de um viajante extremamente observador. Assim, embora a viagem seja motivada por uma missão oficial, na qual o autor exerce a função de secretário-geral do califa, de porta-voz do comandante dos fiéis, desde a partida o narrador expõe suas observações e informações recolhidas no trajeto. O percurso que este testemunho atravessou até chegar a nós pode ser pontuado por uma sequência de eventos cruciais, ao longo de mais de mil anos. Conhecer alguns desses acontecimentos nos apresenta a história de um livro, tal qual seu narrador, viajante.

OS OLHOS DA MISSÃO

Tudo começou no ano 309 H./921 d.C., quando Almaš Ibn Yalṭwār, o rei dos eslavos – chamados de *ṣaqāliba* pelos árabes –, envia uma carta a Bagdá, endereçada ao califa da dinastia abássida Almuqtadir Billāh (282-320 H./895-932 d.C.). Na missiva, o rei dos eslavos pedia à autoridade máxima muçulmana apoio para a construção de uma mesquita e de um mimbar, a fim de propagar a fé do Islã e proferir o nome do califa em suas terras, e a construção de um forte, para se proteger de seus opositores. A demanda diplomática é o que motiva este livro: o líder de um grande povo do Norte pede os favores espiritual e bélico do líder islâmico. Ao longo do relato, tal situação se explica como parte de uma estratégia política pensada para combater os khazares (*ḫazar*, para os árabes) e suas crescentes tentativas de subjugar o reino dos eslavos. Os khazares eram um povo de origem turca recém-convertido ao judaísmo cujas terras se estendiam das margens do rio Volga até o norte do Cáucaso e a região da Crimeia, governadas por um khagan, ou "grande khan" – tal qual os khanatos e khaganatos mongóis. Sua relação com os eslavos consistia na cobrança de peles como tributos proporcionais ao número de tendas de seus habitantes. Propostas de casamentos diplomáticos e o fato de o filho do rei dos eslavos ter sido feito refém do rei dos khazares também são mencionados como motivos para a construção do forte.

Atendendo ao pedido, o califa decide enviar dinheiro e um grupo de emissários para que instruíssem o reino dos eslavos na lei e na fé islâmicas – entre eles, Aḥmad Ibn Faḍlān. Este descreve suas funções como: "ler para o rei as cartas do califa, entregar os presentes enviados e supervisionar os juristas e instrutores". Pouquíssimo se sabe a respeito desse enviado além do que ele mesmo registrou da viagem, desde a partida de Bagdá até a chegada ao reino dos búlgaros do Volga – atual Bolgar, na Rússia. Em momento algum ele explicita se o relatório era uma de suas tarefas ou uma espécie de diário pessoal. A única introdução ao relato é a afirmação inicial de que este é um livro sobre aquilo que o autor viu.

De fato, a circunstância é uma missão oficial, do mesmo modo que a função desempenhada pelo narrador. Percebe-se seu caráter documental nas citações de nomes de pessoas verídicas envolvidas na expedição, questões administrativas de distritos e valores de moedas das regiões distantes do califado. Contudo, é surpreendente que um relatório comporte esses temas de teor burocrático tão naturalmente entrelaçados a informações curiosas e momentos inusitados. A travessia do frio, o corpo de um gigante e os hábitos dos povos que Ibn Faḍlān encontrou pelo caminho, entre outros, são alguns dos pontos que chamam atenção pela riqueza de detalhes. O maior destaque entre as vívidas descrições, certamente, é nada menos que o único testemunho ocular conhecido de uma cerimônia funeral viking, cuja prática já estava em declínio na época. Esta e outras descrições foram responsáveis por moldar a imagem das culturas nórdicas ao redor do mundo durante séculos.

A qualidade literária que tornou o relato conhecido surge de seu conteúdo mais subjetivo. Um desses elementos é a função de observador que define o narrador. Apesar de seu propósito oficioso, o texto é marcado por descrições feitas com tanta habilidade que constantemente possibilitam que o leitor imagine suas observações em detalhes. Esse caráter de texto visual se estabelece pela altíssima ocorrência do verbo "ver" assumindo diferentes acepções além da de "olhar", sendo mais recorrentes "perceber", "notar" ou "dar-se conta" – todas reunidas sob o uso do mesmo verbo, sempre usado em primeira pessoa: *ra'aytu* ("vi"). A visualidade é também reforçada pela ausência de menções a fontes escritas de informação, compartilhando espaço apenas com eventuais depoimentos orais. Da mesma maneira que reforça o caráter documental, a observação visual como modo de apreensão exclusiva do texto o apresenta como uma das formas mais elementares da transmissão de conhecimento: a combinação entre testemunho e registro.

Além disso, as situações descritas revelam espontaneidade na constante disposição de Ibn Faḍlān por retratar cena a cena. Ele se inclui constantemente na narrativa como parte do que descreve; suas perguntas ao intérprete e aos demais, sua vontade de testemunhar por si mesmo, seus juízos de valor de muçulmano ao encontrar povos "estranhos" do Norte – tudo faz parte do relato. Assim, a presença do observador ganha ainda mais destaque; torna-se o fator mais relevante do processo de registro das anotações. Foi no desempenho dessa atividade que Ibn Faḍlān se integrou aos nomes dos grandes viajantes que a cultura islâmica produziu – não como um estudioso, mas como fonte primária de informações inéditas até então.

RELATOS COMO FONTES

Desde o século III H./IX d.C., os árabes se mostraram interessados pelos povos do Norte. Viajantes diversos, como missionários, mercadores e emissários oficiais, bem como geógrafos e historiadores, circularam por diferentes terras ao norte do califado em busca de novos horizontes, empreitadas e informações. As terras do Islã, em seu auge, abrangeram toda a Península Ibérica, passando pelo norte da África, Península Arábica, Levante, Irã, Iraque, chegando ao noroeste da Índia e à fronteira com o Cáucaso e o oeste chinês. O chamado Norte constituía-se, sobretudo, pelos territórios localizados acima da região dos centros administrativos do califado (Bagdá, Damasco). Assim, corresponde à região conhecida atualmente como Europa Centro-Oriental ou Leste Europeu. Entre as várias culturas pelas quais vieram a se interessar, um grupo delas passou a ser reunido sob o nome de *ṣaqāliba*. A tradução literal da palavra seria "eslavos", mas, na cultura islâmica da época, era usada como referência geral aos nativos do Norte europeu, abrangendo assim também escandinavos e germânicos. Atualmente, usa-se a palavra árabe *silāf* para designar a etnia eslava, restringindo o termo *ṣaqāliba* a tal acepção histórica. O termo *bulġār* é usado também tanto com um caráter etnológico, referindo-se à tribo de origem turca dos "búlgaros", como regional, como menção aos nativos da Bulgária do Volga – uma confederação formada pelos dois povos no início do século III H./IX d.C.

Entre as referências em árabe aos povos do Norte, algumas das mais antigas são do historiador andaluz Ibn Hayyān Alqurṭubī, que preservou trabalhos de Aḥmad Ibn Muḥammad Arrāzī e do filho dele, ᶜIsà, os quais dão conta de um saque em Sevilha em 229 H./844 d.C. praticado por uma frota de *majūs* (adoradores do fogo) *urdmanīyīn* (provável referência a nórdicos). Também a do geógrafo persa e diretor da agência abássida de correios e espionagem (*barīd*), Ibn Ḫurdāḏbih, que registra em seu *Kitāb Almasālik walMamālik* [Livro das rotas e reinos] o relatório da viagem de Sallām, o Intérprete, em 227 H./842 d.C. Este teria sido enviado pelo califa Alwāṯiq Billāh para investigar a muralha do Bicorne – personagem mítica que, no Alcorão, teria construído uma barreira para conter as constantes invasões praticadas por Ya'jūj e Ma'jūj (Gogue e Magogue). Tais figuras, por sua vez, estão presentes tanto na tradição cristã como na islâmica e, em ambas, são associadas à devastação da terra que precederá o Dia do Juízo Final. Ibn Faḍlān também menciona tais povos ao relatar a correspondência entre o rei eslavo e os habitantes de Wīsū – como era chamada a região ao norte da Bulgária do Volga – a respeito do suposto gigante. As principais teorias defendem que estas seriam referências deturpadas a povos factuais da estepe asiática e da Sibéria antiga.

De fato, o interesse só viria a se intensificar a partir do século IV H./X d.C. Dentre os que escreveram de forma mais detalhada sobre os povos do Norte, destacam-se o viajante e geógrafo persa Ibn Rusteh em seu *Al'aᶜlāq Annafīsa* [As coisas preciosas], escrito em 290 H./903 d.C., e o cronista e geógrafo Almasᶜūdī em seu epítome *Murūj Aḏḏahab waMaᶜādin Aljawhar* [Pradarias de ouro e minas de gemas], de 331 H./943 d.C. Ambos incluem em suas obras informações colhidas de testemunhos de viajantes e mercadores, documentos, narrativas populares e, possivelmente, observações próprias. Além disso, ambos abordam povos descritos por Ibn Faḍlān, como os búlgaros, os khazares, os rus e os eslavos. Isso coloca o livro do enviado de Almuqtadir entre as fontes mais antigas a abordá-los extensamente e destaca sua importância pela quantidade de detalhes obtidos em primeira mão. Porém, seu livro ainda permaneceria desconhecido por mais três séculos, até ser descoberto por um pesquisador.

Entre 617 H./1224 d.C. e 621 H./1228 d.C., o biógrafo e geógrafo muçulmano de origem bizantina Yāqūt Alḥamawī escreveu sua enciclopédia geográfica *Muᶜjam Albuldān* [Dicionário de países]. Em 612 H./1219 d.C., enquanto ainda coletava material, ele viajou a Merv, no atual Turcomenistão, onde provavelmente encontrou um manuscrito do relato de Ibn Faḍlān. Por vezes, ele cita "o relatório do enviado de Almuqtadir Billāh ao rei dos eslavos, o qual contém informações registradas desde a saída até o retorno a Bagdá". Essa é a maior evidência de que a missão teria sido completada com sucesso, bem como de que o relatório integral continha pelo menos mais uma parte com a descrição do retorno da comitiva. Yāqūt se refere ao texto como *risāla* (carta, relatório) e incorpora longos trechos a seu dicionário geográfico, alternando-os com suas observações e outras fontes. Contudo, se possuía uma versão completa do relatório, não transmitiu todo o seu conteúdo. O que foi aproveitado está distribuído entre os verbetes Itil, Bašġrid, Bulġār, Ḫazar, Ḫuwārizm, Rūs, Ṣaqlab e Wīsū. Foi dessa forma que o livro de Ibn Faḍlān se daria a conhecer pela primeira vez; o *Muᶜjam Albuldān* seria o maior preservador e propagador do relato – em fragmentos dispersos – pelos sete séculos seguintes.

Isso não impediu que extensos e relevantes trabalhos acadêmicos fossem produzidos sobre a viagem do emissário do califa. Em 1823, enquanto trabalhava como professor de árabe e persa na Universidade de Cazã, o numismata e historiador germano-russo Christian Martin Frähn publicou o importante estudo *Ibn Fozlan's und anderer Araber Berichte über die Rußen älterer Zeit* [Ibn Faḍlān e outros relatórios árabes sobre os russos dos tempos antigos]. Ao analisar as passagens do relatório de Ibn Faḍlān incorporadas por Yāqūt a seu dicionário, Frähn reconheceu a importância do relato para a história da Rússia pelo que ele contém de informações referentes aos rus. Esse povo de origem escandinava da Suécia teria migrado entre os séculos III e VII H./IX e XIII d.C. para a região das fronteiras atuais entre Rússia, Ucrânia e Belarus, estabelecendo-se às margens do rio Volga. Um de seus principais assentamentos se tornou a atual cidade de Kiev e desempenhou uma importante função para o surgimento do que viria a ser a Rússia medieval.

Mas o momento definitivo para a história deste livro chegaria um milênio após a expedição. Em 1923, o historiador turco Ahmet Zeki Velidi Togan descobriu um conjunto de manuscritos do século VII H./XIII d.C., hoje mantido na Biblioteca Central de Astan Quds (Mašhad, Irã) e intitulado *MS 5229*. Nesse conjunto de 420 páginas, há quatro livros do século IV H./X d.C.: a primeira parte do *Aḫbār Albuldān*

[Notícias dos países], do historiador e geógrafo persa Ibn Alfaqīh Alhamdānī; duas epístolas do poeta viajante Abū Dulaf Mis^{c}ar Ibn Almuhalhil; e o relato de Ibn Faḍlān. Contudo, a versão não parece ser a mesma que Yāqūt possuía, uma vez que se interrompe abruptamente depois de apenas quatro linhas referentes aos khazares. Togan publicou a primeira fixação da *risāla* traduzida em alemão – *Ibn Faḍlān's Reisebericht* – em 1939.

ECOS RECENTES

Sua repercussão mais difundida é o romance histórico *Devoradores de mortos* (*Eaters of the Dead: The Manuscript of Ibn Faḍlān Relating His Experiences with the Northmen in A.D. 922*), do escritor, roteirista, diretor e produtor americano John Michael Crichton, publicado em março de 1976. O livro aproveita passagens diretas do relato, o protagonista Aḥmad Ibn Faḍlān e a cena da cremação funeral viking, acrescentando elementos próprios de *As mil e uma noites* e do épico anglo-saxão *Beowulf*. Em 1999, foi adaptado para o cinema como *O 13º guerreiro*, dirigido por John McTiernan, com Antonio Banderas como Ibn Faḍlān e a participação do ícone do cinema egípcio, Omar Sharif.

Em 2007, a televisão síria transmitiu um especial de Ramadã intitulado *Saqf Al^{c}Ālam* [O teto do mundo]. Motivada pela polêmica publicação de caricaturas do profeta Maomé no jornal dinamarquês *Jyllands-Posten* em 2005, a série de trinta episódios traz uma narrativa que se alterna entre o momento histórico da viagem ao Volga e o presente. Dirigida por Najda Ismā^{c}īl Anzūr e estrelada por Qays Aššayḫ Najīb no papel de Aḥmad Ibn Faḍlān, estabelece paralelos através de temas modernos como o choque civilizatório e o terrorismo.

SOBRE ESTA TRADUÇÃO

O texto apresentado aqui foi traduzido diretamente da língua árabe e, ao nosso conhecimento, é a primeira versão integral em língua portuguesa do relato de Ibn Faḍlān. Como há pelo menos duas formas de circulação em árabe – isto é, antes e depois da descoberta de Togan –, é comum que as versões atuais usem trechos de Yāqūt para complementar o texto após o corte na menção aos khazares. Infelizmente, uma reconstituição completa da *risāla* até o retorno da missão a Bagdá não parece possível, sobretudo pela escassez de material. Assim, esta tradução manteve o acréscimo sugerido pela edição árabe utilizada. Sendo o original um texto contínuo, foram acrescentados subtítulos temáticos visando tanto demonstrar a variedade de tópicos abordados quanto sistematizar a leitura.

Nomes de lugares e pessoas foram transliterados conforme o sistema proposto por Safa Jubran em *Para uma romanização padronizada de termos árabes em textos de língua portuguesa*, publicado na revista *Tiraz* (USP, 2004).

A literatura árabe de viagens, mais que um gênero literário, é um meio que possibilita o acesso a realidades pouquíssimo conhecidas por nossas culturas ocidentais, sejam históricas, geográficas ou literárias, e que têm muito a nos acrescentar. O relato de Ibn Faḍlān é único nesse meio e, certamente, a melhor forma de adentrá-lo e testemunhar por si as tantas qualidades que ele oferece.

PEDRO MARTINS CRIADO é formado em Árabe e Português pela Faculdade de Letras da Universidade de São Paulo (FFLCH-USP) e mestrando nas áreas de tradução, historiografia árabe e literatura de viagens. Estudou língua árabe clássica e dialeto egípcio no Instituto Francês do Cairo. É tradutor e professor.

Este é o livro de Aḥmad Ibn Faḍlān Ibn Alᶜabbās Ibn Rāšid Ibn Ḥammād, protegido de Muḥammad Ibn Sulaymān, enviado de Almuqtadir ao rei dos eslavos, a respeito do que viu nos países dos turcos, dos khazares, dos rus, dos eslavos, dos basquires e de outros, seus diferentes costumes, as histórias de seus reis e as condições em que vivem, sob diversos aspectos.

EM NOME DE DEUS, O CLEMENTE, O MISERICORDIOSO[1]

Disse Aḥmad Ibn Faḍlān:[2]

Quando chegou uma carta de Almaš Ibn [Šilkī] Yalṭwār, rei dos eslavos, ao comandante dos fiéis, Almuqtadir, pedindo um emissário que o instruísse na religião e nas leis do Islã, construísse uma mesquita e erigisse um mimbar para proclamar o nome do califa por todo o seu reino, além da construção de um forte para se defender dos reis adversários, a resposta ao pedido foi favorável.

O embaixador era Naḏīr Alḥaramī; a mim foi dada a responsabilidade de ler para o rei as cartas do califa, entregar os presentes enviados e supervisionar os juristas e instrutores. Para custear as construções que mencionamos e pagar esses juristas e instrutores, uma quantia de dinheiro lhe seria remetida da cidade conhecida como Arṯaḫušmiṯayn, um dos distritos de Ibn Alfurāt, da terra de Ḫuwārizm.

O enviado do rei dos eslavos a Almuqtadir era um homem chamado ᶜAbdullāh Ibn Bāštū, o Khazarī. O

1 Na tradição de copistas de manuscritos árabes, é uma prática obrigatória abrir as cópias com essa evocação, chamada *basmallah*, que é, originalmente, o primeiríssimo versículo do Alcorão.

2 A recorrência do termo "disse" pontuando o relato, mesmo sem troca do narrador, é própria da tradição dos copistas e característica da literatura árabe. Foram mantidas todas as menções do original.

enviado do sultão era Sawsan Arrassī, protegido de Naḏīr Alḥaramī, além de Takīn, o Turco, e Bārs, o Eslavo. Eu os acompanhei – conforme mencionei antes – para entregar presentes para o rei, suas esposas, seus filhos, seus irmãos e seus generais, e um medicamento que ele pedira quando escreveu a Naḏīr.

A PARTIDA

Partimos da Cidade da Paz [Bagdá] na quinta-feira, à 11ª noite de Ṣafar do ano 309 [H./21 de junho de 921 d.C.]. Ficamos um dia em Nahrawān e saímos de novo, viajando velozmente até chegarmos a Daskara, onde passamos três dias. Então, deixamos o lugar determinados a não nos deter até alcançarmos Ḥulwān, onde ficamos por dois dias. De lá, nos encaminhamos para Qarmīsīn, onde ficamos dois dias, e então seguimos até Hamḏān, onde permanecemos três dias.

Então, prosseguimos até Sāwa, onde paramos por dois dias; de lá, partimos para Rayy, onde esperamos, por onze dias, Aḥmad Ibn ᶜAlī, irmão de Ṣuᶜlūk, que estava em Ḫuwār Arrayy. Partimos para

Ḫuwār Arrayy, para uma parada de três dias, em seguida nos dirigimos a Simnān e de lá para Dāmġān, onde encontramos por acaso Ibn Qārin, da parte de Addāᶜī. Nós nos camuflamos em meio à caravana e prosseguimos diligentes até Nīsābūr, onde havia pouco morrera Laylà Ibn Nuᶜmān. Foi lá também onde conhecemos Ḥamawayh Kūsā, comandante do exército de Ḫurāsān.

Viajamos, então, para Sarḫas; de lá para Marw, e de Marw para Qušmahān, que fica à beira do deserto de Āmul. Passamos três dias ali, deixando os camelos descansarem antes que adentrássemos o deserto. Cortamos o deserto até Āmul e, cruzando o rio Jayḥūn, chegamos a Āfrīr, o posto avançado de Ṭāhir Ibn ᶜAlī.

BUḪĀRĀ

De Āfrīr, fomos até Bīkand e, então, entramos em Buḫārā. Ao chegarmos lá, nos dirigimos a Aljayhānī, secretário do emir de Ḫurāsān, que ali é conhecido como “o xeique chefe”. Ele ordenou que nos providenciassem uma casa e nos enviou um homem para atender às nossas necessidades, ficar à nossa disposição e prover tudo que pudéssemos querer. Esperamos vários dias até que ele pediu em nosso nome permissão para que víssemos Naṣr Ibn Aḥmad.

Quando o encontramos, vimos que ele era um jovem imberbe e o cumprimentamos como a um emir. Ele nos ordenou que sentássemos e a primeira coisa que nos perguntou foi: "Como estava meu senhor, o comandante dos fiéis, quando vocês o deixaram? – Deus prolongue sua vida e preserve sua saúde e a de seus jovens e auxiliares"; ao que respondemos: "Bem". Ele disse: "Deus eleve seu bom estado!".

A seguir, foi lida para ele a carta que o ordenava transferir o distrito de Arṯaḫušmiṯayn, das mãos de Alfaḍl Ibn Mūsā, o Cristão, representante de Ibn Alfurāt, para o governo de Aḥmad Ibn Mūsā Alḫuwārizmī. Também lhe foi solicitado que nos deixasse seguir em frente e enviasse uma carta a seu governante em Ḫuwārizm para que ele não dificultasse nossa passagem, e outra ao guardião do portão dos turcos para que nos escoltassem e não pusessem nenhuma dificuldade à nossa passagem.

Ele perguntou: "Onde está Aḥmad Ibn Mūsā?". E respondemos: "Nós o deixamos quando saímos da Cidade da Paz. Ele nos seguiria após cinco dias". E ele: "Ouço a ordem do meu senhor, o comandante dos fiéis, e a obedeço – Deus prolongue sua vida".

Disse Aḥmad Ibn Faḍlān:

A notícia chegou a Alfaḍl Ibn Mūsā, o Cristão, representante de Ibn Alfurāt, que, por sua vez, elaborou um ardil para lidar com Aḥmad Ibn Mūsā – escreveu a todos os chefes das forças de segurança da estrada de Ḫurāsān, do distrito militar de Sarḫas até Bīkand, dizendo: "Atentem os olhares para Aḥmad Ibn Mūsā nos caravançarás e postos de vigia. Ele é um homem de tais e tais características. Quem o encontrar deverá detê-lo até receber nossa carta sobre o assunto". Ele de fato foi pego em Marw e detido.

Ficamos em Buḫārā 28 dias. ᶜAbdullāh Ibn Bāštū e outros companheiros diziam: "Se ficarmos, o inverno atacará e não poderemos prosseguir. Caso Aḥmad Ibn Mūsā chegue, ele nos alcançará". Alfaḍl Ibn Mūsā concordou.

Disse Aḥmad Ibn Faḍlān:

Notei que os dirrãs de Buḫārā são feitos de metais coloridos. Alguns deles são chamados dirrãs *ġiṭrīfī* e são de cobre, bronze ou latão. São contados por número, sem pesar – cada 100 para 1 dirrã de prata. Assim, as condições dos dotes das mulheres são: fulano, filho de beltrano, casa com a fulana, filha de sicrano, por tantos e tantos mil dirrãs *ġiṭrīfī*. O mesmo vale para as compras de propriedades e escravos, nas quais se usam apenas estes dirrãs. Há ainda outros dirrãs de latão – cada 40 valendo 1 danaca – e também os chamados dirrãs de Samarcanda – 6 valem 1 danaca.

ḪUWĀRIZM

Quando ouvi o que diziam ᶜAbdullāh Ibn Bāštū e os outros para me alertar da aproximação do inverno, partimos de Buḫārā voltando para o rio e alugamos uma embarcação até Ḫuwārizm – a distância de onde alugamos o barco até lá é de mais de 200 parasangas. Viajamos apenas durante parte do dia, não conseguindo continuar o dia inteiro por causa do frio intenso, até chegarmos a Ḫuwārizm.

Fomos imediatamente até seu emir, Muḥammad Ibn ᶜIrāq, xá de Ḫuwārizm. Ele nos recebeu com hospitalidade, admitiu-nos em sua presença e nos alojou em uma casa.

Depois de três dias, ele nos convocou para debater sobre a entrada na terra dos turcos. Disse: "Não darei a vocês permissão para isso, pois não me é lícito deixar que arrisquem sua vida. Sei que isto não passa de um ardil elaborado por esse rapaz – referindo-se a Takīn – que vivia entre nós como ferreiro, empenhado em vender ferro na terra dos infiéis. Foi ele quem induziu Naḏīr ao erro, levando-o a falar com o comandante dos fiéis e a trazer-lhe a carta do rei dos eslavos. O honorável emir – referindo-se ao emir de Ḫurāsān – teria mais direito de proclamar o nome do comandante dos fiéis naquela terra, caso encontrasse uma saída segura para fazê-lo. Além disso, dizem que, entre onde vocês estão agora e o país de que falam, há mil tribos de infiéis. Isto é um embuste contra o califa; este é meu sincero conselho a vocês. É imperioso que se envie uma carta ao honorável emir para que ele consulte por escrito o califa – Deus o fortaleça. Vocês permanecerão aqui até que chegue resposta".

Deixamos sua presença por aquele dia. Mas depois retornamos, sempre tratando-o com cordialidade e lisonjas. Dissemos: "Se esta é a ordem do comandante dos fiéis, para que consultá-lo a esse respeito?". Finalmente, ele nos deixou prosseguir, então descemos de Ḫuwārizm até Jurjānīya pelo rio – uma distância de 50 parasangas.

Notei que os dirrãs de Ḫuwārizm são adulterados com chumbo e falsificados em latão. São chamados de dirrãs *ṭāzija* e seu peso é de 4,5 daṇacas. Os cambistas também vendem dados, peões e dirrãs. Eles são um povo de fala e hábitos horrendos. Seu idioma mais parece um grito de estorninho. A um dia de jornada, há uma aldeia chamada Ardakwa, cujos habitantes são conhecidos como *kardalīs*; a língua deles parece algo como um coaxar de sapos. Eles negam a legitimidade do comandante dos fiéis ᶜAlī Ibn Abī Ṭālib – Deus esteja satisfeito com ele – ao final de cada oração.

O FRIO DO INFERNO

Permanecemos em Jurjānīya por vários dias. O rio Jayḥūn havia congelado de ponta a ponta e a espessura do gelo era de 17 palmos. Cavalos, mulas, burrinhos e carroças andavam sobre ele como se fosse uma estrada e ele nem sequer trincava. Permaneceu assim por três meses.

Vimos uma terra que nos fez pensar que o portal para o frio do inferno se abria diante de nós. Quando a neve cai, é sempre acompanhada de um severo vendaval. Se um homem desse povo quer agradar a um amigo e ser generoso com ele, diz: "Venha até minha casa para conversarmos, pois tenho uma boa fogueira" – isso caso queira ser generosíssimo e muito solícito. Entretanto, Deus Altíssimo os beneficiou com lenha abundante e a fez barata para eles: uma carriola cheia de lenha *ṭāġ*[3] custa 2 dirrãs de lá, contando por volta de 3 mil arráteis.

Há entre eles uma regra segundo a qual os pedintes não param às portas, mas entram na casa, sentam-se diante do fogo por uma hora para se aquecer e então dizem "*pakand*", que significa "pão".

---

3 Planta nativa da Ásia central, cujo nome científico é *Haloxylon ammodendron*.

Nossa estada em Jurjānīya foi prolongada: ficamos ali por vários dias do mês de Rajab, e depois os meses de Ša^{c}bān, Ramaḍān e Šawwāl inteiros. Nossa permanência se estendeu dada a severidade do frio e das dificuldades causadas por ele. De fato, contaram-me que dois homens haviam conduzido doze camelos, com os quais carregariam lenha de alguns bosques, mas esqueceram-se de levar consigo pederneira e isca para fogueira, e assim foram obrigados a passar a noite sem fogo. Quando acordaram, os camelos tinham morrido por causa do frio intenso.

Eu vi o quão frio era o clima: os mercados e as ruas ficam tão vazios que quem passa por ali não encontra sequer um ser humano. Quando eu saía do banheiro e entrava na casa, via que minha barba tinha virado um bloco maciço de gelo, que eu tinha de derreter em frente à fogueira.

Eu dormia em uma casa, dentro da qual havia outra casa, dentro da qual havia uma tenda turca de feltro, onde eu ficava embrulhado em mantos e peles; ainda assim, por vezes meu rosto até grudou no travesseiro.

Além disso, vi que lá as cisternas são envoltas em gibões de pele de ovelha, para prevenir que rachem ou quebrem, mas isso de nada adianta. Vi até o chão se rachar em enormes vales e grandes árvores antigas fenderem em duas partes, tamanha a intensidade do frio.

PROVISÕES PARA UMA NOVA PARTIDA

Quando estávamos na metade do mês de Šawwāl do ano 309 [H./fevereiro de 922 d.C.], o tempo começou a mudar e o rio Jayḥūn, a derreter. Adquirimos os utensílios de viagem de que pudéssemos precisar e compramos camelos turcos. Balsas de couro de camelo foram construídas para nós, para enfrentarmos os rios que fossem necessários atravessar na terra dos turcos, e reunimos provisões de pão, painço e carne curada para três meses.

Os habitantes locais de quem nos havíamos tornado mais próximos nos instaram a tomar precauções quanto às vestimentas e a sempre usar muitas delas. Eles foram enfáticos e nos atemorizaram com isso. Quando testemunhamos aquilo por nós mesmos, vimos que era duas vezes pior do que nos fora descrito. Cada um de nós estava vestido com uma túnica, um cafetã, um gibão, um manto lanoso, um gorro com aberturas apenas para os olhos, um par de ceroulas comuns, outro de ceroulas forradas, meias, um par de botas de couro de cavalo e, por cima delas, outro par de botas, de modo que, enquanto estivéssemos montados nos camelos, nenhum de nós conseguiria se mexer de tanta roupa.

Ficaram para trás o jurista, o instrutor e os jovens que haviam saído conosco da Cidade da Paz, todos por medo de adentrar aquela terra. Seguimos em frente eu, o enviado, seu cunhado e os dois rapazes, Takīn e Bārs.

ALERTA AOS COMPANHEIROS

Quando chegou o dia de retomarmos a jornada, eu disse a eles: "O pajem do rei está com vocês e já está a par de tudo. Vocês estão levando consigo as cartas do sultão, as quais, sem dúvida, mencionam os 4 mil dinares *musayyabī*[4] destinados a ele. Vocês estão se dirigindo a um rei estrangeiro. Ele exigirá esse dinheiro". Eles disseram: "Não se preocupe. Ele não nos pedirá isso". Eu os alertei, dizendo: "Eu sei que ele exigirá", mas eles não deram importância.

A caravana estava pronta e bastante organizada para seguir. Contratamos um guia do povo de Jurjānīya, que ali é chamado de *qilawās*. Então, confiamos em Deus, Todo-Poderoso, e pusemos nosso destino em Suas mãos.

4 Moeda produzida na Transoxiana, comum na região norte de Ḫuwārizm. Seu nome remete a Musayyab, governador de Ḫurāsān.

"O QUE NOSSO SENHOR QUER DE NÓS?"

Saímos de Jurjānīya na segunda-feira, passadas duas noites de Ḏūl Alqaᶜda do ano 309 [H./4 de março de 922 d.C.]. Paramos em um posto avançado chamado Zamjān, que fica no portão dos turcos. Partimos no dia seguinte e paramos num posto chamado Jīt. A neve era tanta que os camelos se afundavam nela até os joelhos, então nos demoramos dois dias ali.

Adentramos profundamente o país dos turcos, sem nos desviar nem encontrar ninguém, numa estepe desértica sem montanhas. Viajamos por dez dias, atingidos por adversidades sem fim, exaustão e frio intenso. A neve caindo constantemente fez o frio de Ḫuwārizm mais parecer dias de verão. Esquecemos tudo que já se passara conosco e esperamos que nossa vida se esvaísse.

Certo dia, estávamos sofrendo muito com o frio severo. Takīn caminhava ao meu lado e um dos turcos, perto dele, falava com ele em turco. Então, Takīn começou a rir e disse: "Este turco quer dizer a você: 'O que nosso Senhor quer de nós?'. Ele está nos matando com este frio. Se soubéssemos o que Ele quer, nós Lhe daríamos". Eu disse a ele: "Diga-lhe que Ele quer que vocês digam: 'Há somente um Deus'". Ele riu e disse: "Se soubéssemos, faríamos".

Seguimos, então, até um local onde havia grande quantidade de madeira *ṭāġ* e paramos ali. Os membros da caravana acenderam fogueiras para se aquecer e tiraram as roupas para secá-las.

Continuamos viajando todas as noites, da meia-noite até o meio da tarde ou o meio-dia, andando o mais rápido possível, percorrendo o máximo do caminho, e então fazíamos paradas.

Depois de quinze noites seguindo assim, chegamos a uma enorme montanha pedregosa na qual corriam riachos, formando pequenos lagos em seus nichos.

OS OGUZES

Quando cruzamos a montanha, encontramos uma tribo de turcos conhecidos como *ġuzz*. Eles são nômades e vivem indo e vindo em suas tendas feitas de peles de animais. É possível ver suas tendas em um lugar, depois em outro, que é como os nômades se movimentam. Eles vivem na miséria, como burros errantes. Não adoram a Deus nem recorrem à razão. Nem sequer acreditam em alguma coisa, e até mesmo chamam seus grandes homens de “senhores”. Quando algum deles pede conselho a seu líder a respeito de alguma coisa, diz: “Senhor, o que devo fazer sobre este ou aquele assunto?”.

"Sua conduta se baseia na consulta entre eles";[5] ainda assim, até mesmo quando já chegaram a um acordo sobre algo e decidiram fazê-lo, o mais depreciado e vulgar deles pode vir e desautorizar o que já haviam decidido.

Eu os ouvi dizer "Há somente um Deus e Maomé é Seu profeta" como forma de causar boa impressão nos muçulmanos que por eles passassem, mas eles não acreditam nisso com convicção. Se alguém sofre uma injustiça ou algo desagradável lhe acontece, ergue a cabeça para o céu e diz "*bīr tankrī*", que significa "um Deus" em turco, pois "*bīr*" é "um" e "*tankrī*" é "Deus".

Eles não se limpam depois de defecar ou urinar nem se lavam depois das impurezas rituais ou outras quaisquer. Eles não têm nenhum contato com a água, especialmente no inverno.

MULHERES TURCAS

Suas mulheres não se cobrem na presença de homens, conhecidos ou forasteiros. Da mesma forma, uma mulher não esconde nada de seu corpo diante de ninguém.

---

5 Alcorão 42.38.

Um dia, fomos à casa de um homem de lá e sentamos. Sua esposa estava entre nós. Enquanto conversávamos, ela descobriu sua vulva e começou a coçá-la; nós, que olhávamos para ela, escondemos os olhos e dissemos: "Que Deus nos perdoe!". O marido começou a rir e disse ao intérprete: "Diga a eles: ela se descobre na sua presença e vocês a veem, mas ela se protege e não permite a ninguém que a toque. Melhor isto do que cobrir-se e permitir que a toquem".

ADULTÉRIO

Eles não têm adultério. Quando pegam alguém intentando tal ato, partem-no ao meio da seguinte maneira: puxam os galhos de duas árvores, prendem-no entre esses galhos e os soltam para a posição original, partindo em dois quem estava preso.

A ESPOSA DE DEUS

Um deles, ouvindo-me recitar o Alcorão, gostou e foi dizer ao intérprete: "Diga a ele para não parar!". Um dia, esse homem me disse por meio do intérprete: "Pergunte a esse árabe se nosso Senhor Todo-

-Poderoso tem esposa". Achei isso gravíssimo e disse "*Subḥān Allāh*!" [Glorioso (seja) Deus!] e "Peço perdão a Deus!". Então, ele disse "*Subḥān Allāh*!" e "Peço perdão a Deus!", como eu tinha feito. Este é um costume dos turcos: sempre que ouvem um muçulmano dizer "*Subḥān Allāh*!" e "Há apenas um Deus", eles repetem.

CASAMENTO

Os costumes de seus casamentos são: quando um deles quer desposar alguma das mulheres da família de outro homem – seja a filha, a irmã ou qualquer outra de sua propriedade –, por tal ou tal quantidade de vestidos de Ḫuwārizm, assim que concordam quanto aos termos, ele a leva na mesma hora. O dote também pode ser em camelos, cavalos ou algo do tipo. Ninguém consegue uma esposa até ter quitado o preço combinado com o guardião dela. Porém, quando o quita, entra indecorosamente na casa em que a mulher está e toma posse dela na frente do pai, da mãe e dos irmãos, e eles não o impedem.

COSTUMES

Quando morre um homem que é casado e tem filhos, seu filho mais velho se casa com sua esposa, contanto que ela não seja sua mãe.

Nenhum dos mercadores ou qualquer outro muçulmano pode fazer suas abluções depois das impurezas rituais na frente deles, exceto à noite, quando não houver ninguém vendo. Isso porque eles se irritam e dizem: "Este aí quer nos enfeitiçar, pois está fixando os olhos na água!", e lhe aplicam uma multa em dinheiro.

Um muçulmano só pode passar pela terra deles depois de ter feito um amigo de lá, de hospedar-se com ele e de lhe trazer algo da terra do Islã, como uma roupa, um véu para sua esposa, alguma pimenta, painço, passas e nozes. Quando ele vem até a casa de seu amigo, este lhe arma uma tenda e lhe traz uma ovelha na medida em que sua fortuna permite. Assim, o muçulmano pode abatê-la conforme seu costume, pois os turcos não lhe cortam a garganta, mas golpeiam sua cabeça até que ela morra.

FAVORES

Se um deles quer viajar, mas seus camelos e cavalos não estão em condições, ou se precisa de dinheiro, ele deixa suas coisas com seu amigo turco, pega emprestados os camelos e os cavalos, o dinheiro de que for precisar, e viaja. Tão logo retorna da jornada a que se propôs, já paga sua dívida e lhe devolve os camelos e os cavalos.

Do mesmo modo, quando um desconhecido chega até o turco e diz: "Sou seu hóspede. Quero seus camelos, cavalos e dirrãs", ele lhe dá o que foi pedido. Caso o mercador morra durante a jornada e sua caravana retorne, o turco vai até ela e pergunta: "Onde está meu hóspede?". Se lhe dizem "Morreu", ele faz a caravana parar, dirige-se ao mercador mais pomposo que vir, começa a pegar seus pertences, enquanto este só olha, e toma os dirrãs que o primeiro mercador lhe devia, nenhum tostão a mais. Faz o mesmo com os cavalos e camelos e diz: "Ele era seu primo e você é o mais apropriado para arcar com as dívidas dele". Caso o hóspede tenha fugido, ele faz a mesma coisa, mas diz: "Ele é um muçulmano como você. Tome para você o que ele fez". Se ele não encontra seu hóspede muçulmano na rota da caravana, pergunta a um terceiro: "Onde ele está?". Se lhe apontam seu paradeiro, ele sai a sua procura, viajando por dias até encontrá-lo, e toma dele seu dinheiro, bem como qualquer presente que lhe tenha dado.

É assim que os turcos se comportam quando adentram Jurjānīya. Perguntam por seu hóspede e ficam com ele até que vá embora. Quando o turco morre na casa de seu amigo muçulmano, e este passa pela terra dos turcos em uma caravana, eles o matam e dizem: "Você o matou porque o aprisionou. Se não o tivesse prendido, ele não teria morrido". Isso também vale caso ele tenha lhe dado vinho, fazendo-o cair de uma muralha: eles o matam. Se ele não estiver na caravana, o turco captura o integrante mais importante dela e o mata.

PEDERASTIA

Eles consideram a pederastia algo terrível. Certa vez, um homem do povo de Ḫuwārizm passou pela tribo do *kūḏarkīn*, o sucessor do rei dos turcos. Ficou um tempo na casa de um anfitrião para comprar ovelhas. O turco tinha um filho, um jovem imberbe, e o homem de Ḫuwārizm ficou cercando-o e tentando seduzi-lo, até que o garoto cedeu ao que ele pedira. Nisso, o turco chegou e flagrou os dois naquela disposição. Ele levou a questão ao *kūḏarkīn*, que disse: "Reúna os turcos!", e ele os reuniu. Então, o *kūḏarkīn* disse ao turco: "Você quer que eu julgue justa ou injustamente?". Ele disse: "Justamente". Disse: "Traga seu filho", e ele o trouxe. Então disse: "Ele e o mercador devem ser executados juntos". Contrariado, o turco disse: "Não entregarei meu filho", ao que respondeu o *kūḏarkīn*: "Então que o mercador também seja redimido", e assim foi. O mercador pagou ao turco em ovelhas pelo que fizera a seu filho, mais quatrocentas ovelhas ao *kūḏarkīn* por ter mudado a sentença, e partiu da terra dos turcos.

O REI CONVERTIDO

O primeiro de seus reis e líderes que conhecemos foi Yināl, o Jovem – que se havia tornado muçulmano, mas lhe disseram: "Se você se converter, não será mais nosso líder", então ele renunciou ao Islã. Quando chegamos ao local em que estava, ele disse: "Não vou deixá-los atravessar, pois nunca ouvimos falar disso antes e não achamos que vá acontecer". Fomos amigáveis com ele, que se satisfez com um cafetã *jurjānī* no valor de 10 dirrãs, uma peça de tecido, folhas de pão, um punhado de passas e cem nozes. Quando lhe demos tudo isso, ele se prostrou diante de nós – este é um costume deles: quando um homem quer honrar outro, ele se prostra à sua frente – e disse: "Se minhas tendas não estivessem tão distantes, eu lhes traria ovelhas e grãos", então nos deixou e partimos.

No dia seguinte, encontramos um turco feiíssimo, esfarrapado, atarracado e ignóbil. Tínhamos acabado de ser pegos por uma tempestade violenta. Ele disse: "Alto!", então a caravana inteira parou – quase 3 mil cavalos e 5 mil homens – e ele continuou: "Nenhum de vocês passará". Detivemo-nos, obedecemos à sua ordem, e dissemos: "Somos amigos do *kūḏarkīn*". Ele riu e disse: "Quem é *kūḏarkīn*? Eu cago na barba do *kūḏarkīn*!" e então disse "*pakand*", que significa "pão" na língua de Ḫuwārizm. Dei-lhe, então, folhas de pão. Ele as pegou e disse: "Passem. Eu me compadeci de vocês".

MORTE

Disse Aḥmad Ibn Faḍlān:

Se algum deles fica doente e tem escravos homens e mulheres, eles o servem e ninguém de sua família se aproxima. Armam-lhe uma tenda a alguma distância das outras, na qual ele fica até que morra ou se recupere. Caso seja um escravo ou um pobre que adoeça, eles o atiram no deserto e vão embora.

Quando alguém morre, cavam para o morto um grande buraco em forma de casa, vão até ele e vestem-no com sua túnica, seu cinturão e seu arco. Botam em sua mão um copo de madeira cheio de vinho e deixam à sua frente um vaso de madeira também com vinho. Reúnem todas as suas posses e as levam para ficar ao lado dele naquela casa. Deixam-no lá sentado e cobrem a casa com uma espécie de tenda de argila. Então, vão até seus cavalos, não importa quantos ele tenha, cem ou mesmo duzentos, e matam para depois comer sua carne – mas não a cabeça, os cascos, o couro e o rabo, que eles pregam em madeira e dizem: "Estes são os cavalos que o levarão até o paraíso". Caso ele tenha matado alguém e tenha sido um guerreiro valente, entalham tantas imagens em madeira quanto pessoas que já tenha matado, colocam-nas em seu túmulo e dizem: "Estes são os criados que o servirão no paraíso!".

Às vezes, eles adiam o abate dos cavalos por um ou dois dias, quando então um dentre os mais velhos diz: "Eu vi fulano – isto é, o morto – em um sonho, e ele me disse: 'Veja você: meus companheiros já se foram na minha frente e minhas pernas se quebraram de tentar segui-los. Já não os alcanço, fiquei sozinho para trás'". Nisso, eles vão até seus cavalos e os matam. Pregam os restos em seu túmulo. Após um ou dois dias, o velho vem e diz: "Eu vi fulano e ele disse: 'Faça meu povo saber que alcancei meus companheiros que se haviam adiantado, e descansei da exaustão'".

ATRAK, FILHO DO QAṬAĠĀN

Disse Aḥmad Ibn Faḍlān:

Todos os turcos tiram a barba, mas deixam o bigode. Uma vez eu vi entre eles um ancião coberto por um manto felpudo. Ele tinha tirado a barba, mas deixara um tufo embaixo do queixo. Visto de longe, parecia mais um bode.

O rei dos turcos oguzes é chamado de *yabġū*, que é o título do emir. Todos os que já lideraram aquela tribo foram chamados assim, e o seu futuro sucessor é chamado de *kūḏarkīn*, assim como todos os que sucedem um de seus líderes são chamados de *kūḏarkīn*.

Depois que saímos da terra daqueles turcos, paramos onde estava o comandante do exército deles, o chamado Atrak, filho do Qaṭaġān, que armou tendas turcas para que nos alojássemos nelas. Ele tinha uma enorme comitiva, com muitos dependentes e grandes tendas. Deu-nos ovelhas e cavalos – as ovelhas para sacrificarmos e os cavalos para montarmos –, convidou vários de seus familiares e primos e matou muitas ovelhas para eles. Nós o presenteamos com roupas, passas, nozes, pimenta e painço.

Vi sua esposa – que antes fora esposa de seu pai – pegar carne, leite e algumas das coisas que havíamos dado, sair das tendas para o deserto, cavar um buraco, dispor dentro dele o que estava com ela e dizer algumas palavras. Perguntei ao intérprete: "O que ela está dizendo?", e ele respondeu: "Ela diz que este é um presente para o Qaṭaġān, pai de Atrak, dado a ele pelos árabes". À noite, eu e o intérprete fomos visitar Atrak, que estava sentado em sua tenda. Levávamos a carta de Naḏīr Alḥaramī para ele, na qual o mandava converter-se ao Islã e propagá-lo. Foram-lhe enviados 50 dinares, sendo alguns dinares *musayyabī*, 3 meticais de almíscar, couro curtido e tecidos de Marw, dos quais fizemos duas túnicas, sandálias de couro, um traje completo e mais cinco roupas de seda. Demos a ele seu presente; e para sua esposa, um véu e um anel.

Depois que li a carta para ele, ele disse, através do intérprete: "Não lhes direi nada antes que vocês voltem. Vou escrever ao califa dizendo o que decidi fazer". Ele despiu o brocado de seda que estava usando e vestiu os trajes honoríficos que tínhamos mencionado – e eu vi que a túnica que ele usava por baixo estava se despedaçando de tão suja, já que eles têm costume de nunca tirar a roupa do corpo até que ela se tenha tornado um trapo. Ele havia arrancado toda a barba e o bigode e ficou parecido com um eunuco. Vi os turcos dizerem que ele era o melhor dentre seus cavaleiros e pude comprovar isso certo dia, quando, ao cavalgarmos juntos, um ganso passou voando e eu o vi pegar o arco, galopar atrás dele e então atirar e derrubá-lo.

A DELIBERAÇÃO

Certo dia, Atrak convocou os líderes que lhe eram próximos: Ṭarẖān, Yināl, o sobrinho deles e Iylġiz. Dentre eles, Ṭarẖān era o mais nobre e importante; ele mancava, estava cego e tinha uma mão defeituosa. Atrak disse a eles: "Estes são os enviados do rei dos árabes ao meu cunhado Almaš Ibn Šilkī [Yalṭwār]. Preferi não deixá-los seguir em frente antes de consultar vocês". Ṭarẖān disse: "Isto é algo que jamais vimos ou de que ouvimos falar. Nunca em nossa vida, ou na de nossos pais, um enviado do califa passou por aqui. Só posso pensar que o califa armou uma armadilha, enviando-os aos khazares para que essas pessoas reúnam um exército contra nós. O certo a fazer é cortar esses enviados ao meio e tomar tudo que eles trazem consigo".

Outro deles disse: "Não, vamos tomar tudo que eles têm consigo e deixá-los nus para voltarem ao lugar de onde vieram". Outro disse: "Não. O rei dos khazares tem prisioneiros do nosso povo. Vamos mandar estes aqui como resgate deles".

Continuaram debatendo essas coisas entre eles por sete dias, enquanto estávamos à beira da morte, até que concordaram em nos deixar seguir nosso caminho e partir. Demos a Ṭarẖān um manto de honra –

um cafetã de Marw –, duas peças de tecido e uma túnica a cada um de seus companheiros. Fizemos o mesmo com Yināl. Demos-lhes também pimenta, painço e folhas de pão. Então eles foram embora.

TRANSPONDO RIOS

Viajamos até chegar ao rio Yaġindī. Nosso pessoal desdobrou as embarcações de couro de camelo e as armou. Tiraram as selas dos camelos turcos, pois elas eram redondas, e as esticaram na base. Então, encheram-nas de roupas e carga. Quando todas estavam cheias, um grupo de cinco, seis ou quatro – mais ou menos – sentou em cada barco. Pegaram pedaços de bétula para usar como remos. Continuaram remando, sendo carregados e girados pela água, até que atravessamos. Os cavalos e camelos foram chamados a gritos, até que cruzaram nadando. Foi necessário que um grupo de combatentes armados passasse antes de qualquer um da caravana, formando uma vanguarda para proteger as pessoas que temiam que os basquires (*bāšġrid*) as capturassem enquanto atravessavam.

Cruzamos o Yaġindī dessa maneira que mencionamos. Logo depois, transpusemos um rio chamado

Jām, também com os barcos, e então atravessamos o Jāḫiš, o Uḏil, o Ardin, o Wāriš, o Aḫtī e o Watbā, que são todos grandes rios.

OS *BAJNĀK*

Enfim chegamos aos *bajnāk*[6]. Eles estavam acampados à margem de uma água parecida com um mar sem correnteza. Têm pele morena escura e se barbeiam. São pobres, diferente dos oguzes, entre os quais vi quem tivesse 10 mil cavalos e 100 mil cabeças de ovelha. As ovelhas pastam o que há entre o gelo e cavam com as patas procurando grama. Quando não a encontram, comem gelo e ficam muito gordas. Caso seja verão e consigam comer grama, elas emagrecem. Ficamos um dia com os *bajnāk*.

Partimos novamente e chegamos ao rio Jayḫ. Foi o maior rio que vimos, o mais largo e o de corrente mais forte. De fato, vi um barco virar ali e todos que estavam nele se afogarem. Muitos de nossos homens foram levados e alguns dos camelos e cavalos se afogaram. Só conseguimos atravessar o rio com muito esforço.

6 Forma arabizada do nome da tribo turca dos pechenegues.

Andamos por dias e então cruzamos o rio Jāḫā, depois o Arḫaz, o Bājāġ, o Samūr, o Kināl, o Sūḫ e o Kunjulū.

OS *BĀŠĠRID*

Paramos na terra de uma tribo de turcos chamados *bāšġrid*, contra os quais tomamos todas as precauções. Isso porque, dentre os turcos, eles são os mais vis, sujos e inclinados a matar – quando um deles encontra um homem, corta sua cabeça e a leva consigo, deixando o corpo para trás. Eles cortam a barba e comem piolhos, os quais todos caçam por entre as costuras do casaco, pegam e cortam com os dentes. Tínhamos conosco um deles, que se tinha convertido e ficara à nossa disposição. Eu o vi achar um piolho em sua roupa, esmagá-lo com a unha, lambê-la e, olhando para mim, dizer: "Hum!".

Todos eles esculpem um pedaço de madeira na forma de um falo e o carregam pendurado. Quando quer viajar ou encontrar um inimigo, ele beija o pedaço de madeira, se ajoelha diante dele e diz: "Senhor, faça isso e isso por mim". Eu disse ao intérprete: "Pergunte a um deles qual é o motivo disso e por que o tornaram seu senhor?". Ele respondeu: "Porque saí de um igual a esse e reconheço somente ele como meu criador".

Entre eles, há quem diga que existem doze deuses: o do inverno, o do verão, o da chuva, o do vento, o das árvores, o das pessoas, o dos cavalos, o da água, o da noite, o do dia, o da morte e o da terra. O que está no céu é o mais poderoso, mas age em concordância com os demais, de modo que cada um deles aprova o que seu companheiro faz. Deus esteja acima do que dizem os pecadores.[7]

Vimos um clã deles que cultua cobras, um que cultua peixes e outro que cultua grous. Estes disseram-me que, certa vez, combatiam um contingente de inimigos que os estavam derrotando, quando grous começaram a gritar atrás dos inimigos, que então se assustaram e saíram correndo, sendo depois derrotados. Cultuam os grous por isso. Dizem: "Este é nosso senhor e estes são seus feitos. Ele derrotou nossos inimigos"; e o cultuam por isso.

Disse Aḥmad Ibn Faḍlān:

Deixamos a terra deles e atravessamos o rio Jirimšān, o Ūran, o Ūram, o Bāynāḫ, o Watīġ, o Niyāsnah e o Jāwšīr. Entre um rio e outro – dos que mencionamos –, a caminhada é de dois, três ou quatro dias, mais ou menos.

7 Alcorão 17.43.

O REI DOS ESLAVOS

Quando estávamos a um dia e uma noite de caminhada do rei dos eslavos, a quem nos dirigíamos, ele enviou até nós os quatro reis que tinha sob sua autoridade, junto com seus irmãos e filhos, para que nos recebessem com pão, carne e painço, e seguissem caminho conosco.

Faltando 2 parasangas para chegarmos aonde o rei estava, ele mesmo veio até nós. Quando nos viu, desmontou e ajoelhou-se com o rosto no chão, agradecendo a Deus, Todo-Poderoso. Trazia em sua manga alguns dirrãs, os quais distribuiu entre nós. Armou tendas e nos alojou nelas.

Nossa chegada foi no domingo, à 12ª noite de Muḥarram do ano 310 [H./12 de maio de 922 d.C.]. A viagem entre Jurjānīya e a terra do rei durou setenta dias. Ficamos nas tendas que haviam sido montadas para nós no domingo, na segunda-feira, na terça-feira e na quarta-feira, esperando até que se reunissem os reis, os juízes e o povo de lá para ouvirem a leitura da carta do califa.

A CERIMÔNIA

Na quinta-feira, quando todos estavam reunidos, nós desenrolamos os dois estandartes que estavam conosco, selamos o cavalo do rei com a sela que lhe fora enviada e o vestimos de roupa e turbante pretos. Peguei a carta do califa e disse a ele: "Não é permitido que fiquemos sentados enquanto a carta é lida". Então ele se pôs de pé, assim como as pessoas mais importantes de seu reino que ali haviam comparecido. Ele é um homem muito corpulento e barrigudo.

Comecei a ler o início da carta. Quando cheguei à expressão "A paz esteja com você. Por você, louvo a Deus, sem O Qual não há outro", eu disse: "Retribua os cumprimentos ao comandante dos fiéis", e ele o fez, bem como todos os outros, sem exceção. Então o intérprete continuou traduzindo palavra por palavra. Quando finalizamos a leitura, eles disseram:

“*Allāhu akbar*!” [Deus é maior!] de um modo tão forte que a terra até estremeceu.

Em seguida, li para ele a carta do vizir Ḥāmid Ibn Alᶜ‌Abbās e o rei continuou ouvindo de pé. Convidei-o então a sentar, e ele permaneceu sentado durante a leitura da carta de Naḏīr Alḥaramī. Quando terminei, seus companheiros despejaram muitos dirrãs sobre ele. Então, tirei os presentes: perfumes, roupas e pérolas para ele e para sua esposa. Continuei mostrando um a um, até que tivéssemos terminado. Cobri sua esposa com um manto de honra na presença de todos. Ela estava sentada ao lado dele, como lhes é de tradição e costume. Quando a cobri, as mulheres despejaram dirrãs sobre ela e saímos.

O BANQUETE

Depois de uma hora, ele nos convocou. Comparecemos, e ele estava em sua tenda com os demais reis à sua direita. Mandou-nos sentar à sua esquerda. Seus filhos estavam à sua frente. Ele, sozinho, estava em um trono revestido de brocado bizantino. Mandou trazerem a mesa, sobre a qual havia somente carne grelhada.

Ele começou pegando uma faca, cortando um pedaço e comendo-o, depois um segundo e um terceiro.

Então, cortou um pedaço e deu a Sawsan, o enviado. Quando este o pegou, uma pequena mesa lhe foi trazida. Este é o costume: ninguém toca a comida até que o rei lhe tenha servido uma porção, e, assim que a recebe, uma mesa é trazida. Depois, ele me serviu e me trouxeram uma mesa. Cortou um pedaço e o serviu ao rei que estava à sua direita, que também recebeu uma mesa, outro ao segundo rei, que recebeu outra, e outro ao quarto, que recebeu outra. Então, serviu seus filhos e todos receberam mesas.

Cada um de nós comeu em sua própria mesa, sem a compartilhar com ninguém mais e sem pegar o que havia na dos outros. Caso o rei termine de comer, cada um leva o que resta em sua mesa para suas acomodações.

Depois que acabamos de comer, veio uma bebida de mel que eles chamam de *suju*, que fermenta apenas por um dia e uma noite. Ele bebeu um copo, ficou de pé e disse: "Esta é minha alegria por meu protetor, o comandante dos fiéis – Deus prolongue sua vida!". O quarto rei se levantou, assim como seus filhos. Nós também ficamos de pé até que ele tivesse feito isso três vezes, e então saímos.

PROCLAMAÇÃO DO NOME DE UM INFIEL

Antes de eu chegar, a proclamação feita de seu mimbar era: "Ó Deus, preserve Yalṭwār, rei dos búlgaros!". Eu disse: "Deus é O Rei. Somente Ele – Todo-Poderoso – deve ser chamado assim do mimbar. Seu protetor, o comandante dos fiéis, satisfaz-se com que, dos mimbares de leste e oeste, seja dito isto: 'Ó Deus, preserve Seu servo e califa Jaᶜfar, o imã Almuqtadir Billāh, comandante dos fiéis'. E assim também foi feito por seus antepassados e pelos califas antes dele, pois disse o Profeta – que as preces e a paz de Deus estejam com ele: 'Não louveis a mim como os cristãos louvam Jesus, filho de Maria; sou apenas um servo – servo de Deus e Seu enviado'". Ele me disse: "Como posso ter a proclamação feita para mim?", e eu disse: "Com seu nome e de seu pai", e ele disse: "Meu pai foi um infiel e não quero que seu nome seja dito no mimbar. Tampouco quero que meu nome seja dito, por também ser um nome de infiel. Entretanto, qual é o nome do comandante dos fiéis?". Eu disse: "Jaᶜfar". Ele disse: "Posso ser chamado por este nome?", e eu disse: "Sim". Ele disse: "Então meu nome há de ser Jaᶜfar; e o de meu pai, ᶜAbdullāh. Informe o proclamador disto", e assim o fiz.

A proclamação dele ficou sendo: "Ó Deus, preserve Seu servo Jacfar, filho de cAbdullāh, emir dos búlgaros, protegido do comandante dos fiéis".

O DINHEIRO PROMETIDO

Três dias após a leitura da carta e a entrega dos presentes, ele me convocou. Havia chegado até ele a história dos 4 mil dinares e do ardil do cristão para atrasar sua entrega. O dinheiro fora-lhe mencionado na carta.

Quando entrei onde ele estava, mandou que eu sentasse e eu o fiz. Jogou-me a carta do comandante dos fiéis e disse: "Quem trouxe esta carta?", e eu disse: "Eu". Então, jogou-me a carta do vizir e disse: "E esta?", e eu respondi: "Eu". Ele disse: "O que foi feito do dinheiro mencionado em ambas?", e eu disse: "Não foi possível coletá-lo. Tínhamos pouco tempo. Tememos perder o momento de entrar em sua terra e o deixamos para que nos alcançasse depois". Ele disse: "Vocês todos vieram até aqui, bancados pelo meu protetor no que quer que precisassem para me trazer este dinheiro, com o qual eu construiria um forte que me protegeria dos judeus que tentaram me escravizar. Quanto aos presentes, meu pajem poderia muito bem tê-los trazido". Eu respondi: "De fato é assim! Mas nós nos esforçamos". Ele se virou ao intérprete: "Diga-lhe:

eu não reconheço esses outros, mas reconheço você. Isso porque eles não são árabes. Se o califa – Deus o ajude – achasse que eles fariam o que você fez, não teria enviado você para me ajudar, ler minha carta e ouvir minha resposta. Não estou pedindo dinheiro a mais ninguém. Dê o dinheiro, será melhor para você".

Deixei sua presença alarmado e aflito. Ele era um homem bem-apessoado, intimidante, corpulento e largo. Quando falava, sua voz parecia vir do fundo de um barril. Saí, reuni meus companheiros, informei-lhes o que se passara entre mim e o rei e disse: "Eu os avisei disso!".

O DEBATE

O muezim do rei repetia a *iqāma* duas vezes no chamado para a reza.[8] Eu disse a ele: "Seu protetor, o comandante dos fiéis, entoa a *iqāma* apenas uma vez em seu reino". O rei disse ao muezim: "Ouça a ele e não o contrarie".

---

8 As cinco rezas diárias feitas pelos muçulmanos são convocadas pelo *mu'aḏḏin* (muezim) que entoa o *aḏān* (azam), um chamado do minarete para fora da mesquita. Depois, a *iqāma* – uma forma ligeiramente diferente, mais baixa e rápida do *aḏān* – é dita aos presentes e, somente então, a reza se inicia.

Por vários dias, o muezim obedeceu a essa regra. Enquanto isso, o rei me perguntava sobre o dinheiro, debatendo comigo a esse respeito, mas eu o dissuadi com bons argumentos. Quando ele perdeu as esperanças de receber algo mais de mim, disse ao muezim para que dobrasse a *iqāma* e ele lhe obedeceu. Ele quis fazer aquilo como uma maneira de me chamar ao debate. Quando ouvi o segundo chamado da *iqāma*, gritei com o muezim ordenando que parasse. O rei, ao saber disso, convocou a mim e meus companheiros.

Ao nos reunirmos, ele disse ao intérprete: "Pergunte-lhe – referindo-se a mim – o que ele acha de dois muezins, um que diz a *iqāma* uma vez e outro duas, e que depois rezam com sua congregação: essa reza é permitida ou não?". Eu respondi: "Essa reza é permitida". E ele: "Por divergência ou unanimidade?", e eu: "Unanimidade!". Então ele se dirigiu ao intérprete: "Pergunte-lhe, então, o que ele diz de um homem que pega o dinheiro destinado a um povo fraco, cercado e escravizado, e o envia a outro povo, traindo o primeiro", e eu respondi: "Isso é inadmissível e esse povo ficaria mal". Ele perguntou: "Por divergência ou unanimidade?", e eu respondi: "Unanimidade". Ele virou-se ao intérprete: "Pergunte a ele: você acha que o califa – Deus prolongue sua vida –, caso enviasse um exército contra mim, prevaleceria?", e eu: "Não". Ele: "E o emir de Ḫurāsān?", e eu: "Não". Ele disse: "E isso não é por causa da longa distância e da grande quantidade de tribos de infiéis entre nós?", e eu: "Sim". Ele, ao intérprete: "Diga a ele: por Deus, embora o lugar em que você me vê seja distante, ainda sou temente a meu protetor, o comandante dos fiéis. Isso porque temo que ele venha a saber algo sobre mim que lhe desagrade, invocando sobre mim a ira de Deus e destruindo meu reino sem sequer sair do seu, apesar das vastas terras entre nós. Vocês, que comem do pão dele, vestem suas roupas e o veem o tempo todo, traíram-no na missão que ele lhes delegou enviando-os até mim, até um povo fraco. Vocês traíram os muçulmanos! Não recebo ordens religiosas de vocês até que venha até mim alguém sincero naquilo que diz. Quando tal pessoa chegar, eu a receberei". Travamos e não tivemos uma resposta para lhe dar, então saímos.

Disse Aḥmad Ibn Faḍlān:

Mesmo após aquela conversa, ele continuou a me favorecer e me honrar, embora mantivesse meus companheiros afastados. Ele me chamava de Abū Bakr, o Verídico.

A GUERRA DAS NUVENS

Vi incontáveis maravilhas no país deles.

Entre elas: na primeira noite que passamos nessa terra, durante uma hora inteira antes do pôr do sol, vi o céu no horizonte ficar de uma cor vermelha intensa e ouvi fortes barulhos e murmúrios no ar. Ergui a cabeça. Perto de mim, estava uma nuvem vermelha como fogo, de onde saíam aqueles murmúrios e barulhos. Nela, viam-se formas de pessoas e cavalos e, nas mãos desses espectros em forma de gente, imaginei e distingui lanças e espadas. Em outra parte, vi mais homens, cavalos e armas, investindo contra os da primeira, como um batalhão investindo contra outro. Ficamos assustados com aquilo, rogamos e suplicamos a Deus, enquanto os locais riam de nós e se divertiam com nosso comportamento.

Disse Aḥmad Ibn Faḍlān:

Uma hora, vimos ambas as partes que lutavam entre si se misturarem e então se separaram. Continuaram fazendo isso por uma hora depois de anoitecer, e então desapareceram. Perguntamos ao rei sobre aquilo. Ele alegou que seus avós diziam: "Aqueles são os *jinn*[9] crentes e descrentes. Eles lutam todo cair de noite, nunca deixaram de fazê-lo".

9 Palavra árabe para "gênios", seres folclóricos da Arábia incorporados também à tradição islâmica.

A AURORA VERMELHA

Disse Aḥmad Ibn Faḍlān:

Fui até minha tenda conversar com o alfaiate do rei, que era de Bagdá e foi parar naqueles lados por acaso. Conversamos durante menos tempo do que levaria para ler metade de um sétimo do Alcorão, enquanto esperávamos pelo chamado da reza do anoitecer. Quando soou o *aḏān*[10], saímos da tenda e o sol estava nascendo. Eu disse ao muezim: "Qual *aḏān* você chamou?", e ele disse: "O *aḏān* do amanhecer". Eu disse: "E o chamado do anoitecer, o último?", e ele disse: "Nós o fazemos com o do pôr do sol". Eu disse: "E a noite?", e ele disse: "É como você está vendo. Já foram mais curtas do que isso, mas agora estão começando a prolongar-se". Ele disse que não dormia havia um mês, com medo de perder a reza do amanhecer. Se uma pessoa coloca uma panela no fogo ao pôr do sol, ela faz a reza do amanhecer antes de a água ferver.

Disse Aḥmad Ibn Faḍlān:

Vi que os dias deles são muito longos – ficam mais longos por um período do ano; e as noites, mais

---

10 Forma aportuguesada: azam. Chamado dos muçulmanos para a reza.

curtas. Em outro período, as noites ficam mais longas; e os dias, mais curtos. Na segunda noite, sentei-me fora da tenda para observar o céu. Vi apenas um pequeno número de estrelas – acho que cerca de quinze, espalhadas. A aurora vermelha, que se vê antes do pôr do sol, nunca desaparece. A noite não é escura – um homem reconhece outro além do alcance de uma flecha.

Disse Aḥmad Ibn Faḍlān:

Vi que a Lua nunca alcança o meio do céu. Em vez disso, anda ao redor do horizonte por uma hora, então amanhece e ela some. O rei me contou que, a três meses de caminhada de suas terras, há a terra de um povo chamado *wīsū*, onde a noite dura menos de uma hora.

Disse Aḥmad Ibn Faḍlān:

Vi que a paisagem inteira fica vermelha ao nascer do Sol: o chão, as montanhas; tudo que se pode ver quando nasce o Sol é como uma grande nuvem, que fica assim vermelha até o Sol atingir seu ápice. O povo de lá me informou que, no inverno, a noite é tão longa quanto o dia de verão, e o dia é tão curto quanto a noite de verão. Assim, se um de nossos homens partisse ao nascer do Sol para um local chamado Volga, até onde a caminhada é de menos de 1 parasanga, não chegaria antes do anoitecer, quando todas as estrelas já se encontrassem no céu. Não saímos de lá até que as noites estivessem mais longas e os dias, mais curtos.

ANIMAIS E PLANTAS

Vi que eles consideram o uivo dos cães um bom agouro, ficam felizes e dizem: "Um ano fértil, auspicioso e seguro".

Na terra deles, há muitas cobras, a ponto de um único galho de árvore poder ter mais de dez enroladas. Ninguém as mata e elas não lhes causam dano. De fato, em algum lugar, vi uma árvore muito alta, de mais de 100 cúbitos de altura, que caíra. Seu tronco era enorme. Parei para olhá-lo, e ele se mexeu e me assustou. Eu o examinei atentamente: havia uma cobra sobre ele, quase da mesma largura e comprimento. Quando ela me viu, desceu de lá e sumiu entre as árvores. Voltei assustado e contei isso ao rei e a seu conselheiro, mas eles não deram importância. Ele disse: "Não se preocupe, elas não lhe causarão dano".

Um dia, paramos com o rei para acampar. Eu e meus companheiros Takīn, Sawsan e Bārs, mais um dos seguidores do rei, entramos em um bosque. Vimos um tronco verde e pequeno como um fuso de roca, porém mais longo, com um talo verde que tinha na ponta uma folha larga que se estendia pelo chão. Nela, como que brotando espalhadas, havia umas frutinhas. Quem as come tem certeza de que é romã sem sementes. Nós as comemos, achamos deliciosas e não paramos mais de procurá-las.

COMIDA E BEBIDA

Vi que eles têm maçãs de uma cor verde intensa e de gosto mais ácido que vinagre de vinho. As escravas as comem e engordam. Nunca vi tanta árvore de avelã como na terra deles. Vi florestas delas, tendo cada uma 40 parasangas quadradas de área.

Vi também que eles têm árvores que não conheço. São extremamente altas, não têm folhas nos troncos e têm as copas como as das palmeiras, mas com palmas finas e juntas. As pessoas vão até o local onde sabem que elas estão, fazem um buraco no tronco e colocam uma jarra embaixo dele, para onde corre uma seiva mais doce que o mel. Se alguém tomar muito daquilo, fica mais bêbado do que se bebesse vinho.

O que eles mais comem é painço e carne de cavalo, embora lá também haja muito trigo e cevada. Quem planta alguma coisa mantém-na para si. O rei não tem nenhum direito sobre isso, mas todo ano cada casa lhe dá uma pele de zibelina. Quando ele ordena um ataque-surpresa a outras terras, uma parte do que é saqueado vai para ele. Todos que fazem festas de casamento ou banquetes devem reservar ao rei uma porção proporcional à ocasião, bem como uma ânfora de vinho de mel e trigo ruim – afinal, a terra deles é preta e fétida.

Eles não têm um local onde estocar o alimento. Em vez disso, cavam fossos no chão e o guardam neles. Leva apenas alguns dias até que apodreça, comece a feder e não seja mais aproveitável.

Eles não têm azeite, óleo de sésamo ou qualquer outro óleo. Em vez disso, usam óleo de peixe, e assim tudo em que o colocam fica engordurado. Eles fazem um caldo de cevada que as escravas e os escravos tomam. Às vezes, cozinham a cevada com carne. Os senhores comem a carne e alimentam as escravas com a cevada, a menos que seja carne de bode, que também dão às escravas.

COSTUMES

Todos usam gorros pontudos. Quando o rei cavalga, ele o faz sozinho, sem pajem nem mais ninguém junto. Caso passe por um mercado, ninguém deixa de se levantar, tirar o gorro da cabeça e colocá-lo embaixo do braço. Assim que ele passa, as pessoas põem o gorro de volta. Isso também se aplica a quem comparece para ver o rei, seja pequeno ou grande. Até seus filhos e irmãos, quando o veem, tiram o gorro, colocam-no embaixo do braço, acenam-lhe com a cabeça e sentam. Então, levantam e esperam que ele os mande sentar. Todos que sentam à sua frente ficam ajoelhados e não tiram o gorro de baixo do braço nem o deixam à mostra. Quando saem de sua frente, vestem-no de volta.

Todos vivem em tendas, mas somente a do rei é enorme – grande o bastante para mais de mil pessoas – e repleta de mobília armênia. No centro, fica um trono forrado de brocado bizantino.

Um costume deles é que, quando o filho de um homem tem seu filho, o avô o pega, não o pai, e diz: "Eu tenho mais direito que seu pai de criá-lo até que vire um homem". Se um homem morre, seu irmão herda tudo, exceto seus filhos. Eu informei ao rei que isso não é permissível e expliquei como funcionam as heranças até que ele entendesse.

Eu nunca tinha visto tantos relâmpagos quanto na terra deles. Se um relâmpago atinge uma tenda, eles não se aproximam dela novamente. Deixam-na como está, com tudo que estiver dentro – homens, bens ou outras coisas –, até que o tempo destrua tudo, e então dizem: "A ira de Deus recaiu sobre esta tenda".

MORTE

Se um homem mata outro de propósito, eles o executam. Se o faz sem intenção, constroem-lhe uma caixa de madeira de bétula, colocam-no dentro e a pregam. Eles lhe dão três fatias de pão e um jarro de água, erigem três hastes de madeira na forma do suporte de uma sela de camelo e o suspendem neles. Então dizem: "Nós o deixamos entre o céu e a terra, exposto à chuva e ao sol. Talvez Deus lhe dê Sua misericórdia". Ele continua pendurado até que o tempo o consuma e os ventos soprem seus restos.

Quando veem alguém de mente agitada e que sabe muitas coisas, dizem: "Este tem o direito de servir a nosso Senhor", então pegam-no, amarram uma corda em seu pescoço e o deixam pendurado numa árvore até que se tenha despedaçado.

O intérprete do rei me contou que um homem de Sind fora parar naquela terra e ficara algum tempo a serviço dele. Era habilidoso e inteligente. Um grupo quis sair em uma de suas empreitadas comerciais, e o homem de Sind pediu permissão ao rei para ir com eles, mas o rei o proibiu. O homem persistiu até que o rei lhe deu permissão, então partiu com o grupo em um barco. Quando viram que ele era ligeiro e esperto, discutiram entre si e disseram: "Este servirá bem nosso Senhor. Vamos enviá-lo até Ele". Ao passarem por um bosque, desviaram de seu caminho para lá, puseram-lhe uma corda no pescoço e o amarraram ao topo de uma árvore. Deixaram-no lá e foram embora.

OUTROS COSTUMES

Quando estão viajando, se um deles precisa urinar e o faz carregando suas armas, os outros o saqueiam. Tomam-lhe a arma, as roupas e tudo mais que tiver com ele. Esse é um costume deles. Porém, se solta sua arma e a deixa de lado para urinar, eles não o atacam.

Homens e mulheres vão ao rio e se lavam juntos e nus, sem se encobrirem um do outro, e sob nenhum pretexto cometem adultério. Quem o comete é preso a quatro estacas no chão, amarrado pelas mãos e pés, seja quem for, e partem-no do pescoço às coxas com um machado. Fazem assim também com a mulher. Então, penduram os pedaços dele ou dela numa árvore.

Tentei continuamente fazer as mulheres se resguardarem dos homens, mas sem sucesso. Eles executam os ladrões da mesma forma que os adúlteros.

Em seus bosques, há muitas colmeias de mel e eles sabem onde encontrá-las. Às vezes, quando saem para procurá-las, bandos de inimigos os encontram e os matam. Entre eles, há muitos mercadores que viajam à terra dos turcos, de onde trazem ovelhas, e à terra chamada Wīsū, de onde trazem zibelina e raposa preta.

Vimos um povo inteiro de uma aldeia de 5 mil pessoas convertidas ao Islã, contando homens e mulheres. São conhecidos como os *baranjār*. Construíram uma mesquita de madeira onde fazem as rezas. Eles não sabem ler, então ensinei ao grupo como rezar. Havia um homem chamado Ṭālūt, convertido por mim, a quem dei o nome de ᶜAbdullāh. Ele disse: "Quero que você me dê o seu nome – Muḥammad". Assim o fiz. Converti sua esposa, sua mãe e seus filhos – todos nomeados Muḥammad. Eu o ensinei a dizer "*alḥamdu lillāh*" [graças a Deus] e "*qul huwa Allāhu aḥad*" [dize: ele é Deus, O Único][11]. Ele ficou mais feliz de aprender essas duas suras do que ficaria se virasse rei dos eslavos.

Quando alcançamos o rei, ele estava em um acampamento à margem de um volume de água chamado Ḫaljah. É formado por três lagos, sendo dois grandes e um pequeno; todos de profundidades inalcançáveis. São aproximadamente 2 parasangas de distância entre esse local e um grande rio que flui para a terra dos khazares, chamado de Itil [Volga]. Em um lugar desse rio, há um mercado onde se encontra de tudo; vendem-se ali muitos bens preciosos.

11 Alcorão 112.1.

O GIGANTE

Takīn tinha me contado que, na terra do rei, havia um homem extremamente grande. Assim, quando cheguei lá, perguntei ao rei sobre isso. Ele disse: "Sim, ele estava em nossa terra e morreu. Não era do povo daqui, tampouco era gente. Sua história é a seguinte: um grupo de mercadores saíra para o rio Volga, que fica a um dia de distância daqui, conforme sempre faziam. A água desse rio havia transbordado. Mal passou um dia, um grupo desses mercadores voltou até mim. Disseram: 'Ó rei, havia um homem na água que, se for de uma nação próxima a nós, não teremos mais lugar por estas bandas. Só nos resta migrar'. Cavalguei com eles até chegarmos ao rio, quando eu mesmo vi o homem. Medindo com meu braço, ele tinha 12 cúbitos de altura, uma cabeça maior que uma panela, um nariz de mais de 1 palmo, dois olhos enormes e dedos mais longos que 1 palmo. Assustei-me com aquilo, tomado pelo mesmo pavor que os outros. Nós nos aproximamos falando com ele, mas ele não disse nada, apenas ficou nos olhando.

"Eu o trouxe até minha tenda e escrevi perguntando sobre ele ao povo de Wīsū, que fica a três meses de distância de nós. Escreveram de volta me informando que aquele era um homem de Ya'jūj e Ma'jūj.

Vivem nus, a três meses de distância. O mar está entre nós, e eles estão na outra margem. Copulam entre si como animais. Deus, Todo-Poderoso, todos os dias dá a eles um peixe do mar. Cada um deles vem com sua faca e corta o suficiente para si e seus familiares. Se ele pega mais do que pode comer, fica com muita dor de barriga, bem como os seus. Caso ele morra, o mesmo acontece com sua família. Quando pegam o que necessitam do peixe, este se vira e cai de volta no mar. Eles fazem isso todos os dias.

"Entre nós e eles, há o mar de um lado e montanhas que os circundam pelos outros. Há ainda a barreira que os separa do portão por onde vinham. Quando Deus, Todo-Poderoso, quiser soltá-los sobre as terras civilizadas, Ele romperá a barreira, secará o mar e não lhes dará mais peixes."

Disse Aḥmad Ibn Faḍlān:

Perguntei ao rei sobre o homem e ele disse: "Ele ficou comigo por um tempo. Mas toda criança que olhava para ele morria, e toda grávida abortava. Se ele pegasse qualquer pessoa, poderia esmagá-la com as mãos e matá-la. Então, quando vi aquilo, eu o enforquei em uma árvore alta e ele morreu. Se quiser ver os ossos e a cabeça dele, vou com você para que os veja". Eu disse: "Por Deus, eu gostaria de ver isso". Ele cavalgou comigo até um grande bosque de árvores imensas e me mostrou uma árvore sob a qual estavam caídos seus ossos e sua cabeça. Eu vi sua cabeça: era como uma grande colmeia. Suas costelas eram maiores que ramos de palmeira, assim como os ossos de suas pernas e braços. Saí de lá estupefato.

O RIO JĀWŠĪZ

Disse Aḥmad Ibn Faḍlān:

O rei deixou o corpo de água chamado Ḫaljah, indo para um rio chamado Jāwšīz, onde ficou por dois meses. Então, quis partir e comunicou a um povo conhecido como *suwāz* que queria que fossem junto. Eles se recusaram e se dividiram em dois grupos, ficando um ao lado de seu genro Wīraġ, que se tornara rei deles. O rei lhes enviou um comunicado: "Deus, Todo-Poderoso, me concedeu o Islã e o favor do comandante dos fiéis. Sou Seu servo. Esta nação me elegeu; quem se opuser há de receber minha espada!". O outro grupo estava com um rei de uma tribo, conhecido como rei Askal, que obedecia ao rei apesar de não ter se convertido ao Islã.

Quando lhes enviou aquela mensagem, ficaram com medo do que ele pudesse fazer e se juntaram a ele no rio Jāwšīz. Esse é um rio estreito de apenas 5 cúbitos de largura. A água bate no umbigo, mas, em alguns lugares, chega até a clavícula. A maior parte, entretanto, é tão funda quanto a estatura de um homem. Ao seu redor, há muitas árvores, tanto de *ḫaḏank* como outras.

O RINOCERONTE

Próximo a esse rio, há um vasto deserto onde dizem existir um animal mais baixo que um camelo, porém mais largo que um touro. Sua cabeça é como a de um camelo, a cauda, como a de um touro e o corpo, como o de uma mula. Suas patas são como os cascos do touro. No meio da cabeça, ele tem um chifre grosso e cilíndrico, que vai afinando até a extremidade, como uma ponta de lança. Pode ter uma altura de 3 a 5 côvados, mais ou menos. Ele come as folhas suculentas das árvores. Se vê um cavaleiro, corre atrás. Mesmo se o cavaleiro estiver em uma boa montaria, só escapa com esforço. Se o alcança, arranca-o das costas do cavalo com o chifre, joga-o para o ar e o pega de novo com o chifre. Continua nisso até matá-lo, embora não dê nenhuma importância ao cavalo. Eles o procuram nos desertos e nos bosques para caçá-lo assim: reúnem um número de arqueiros com flechas envenenadas, sobem nas árvores altas em torno dele e, quando ele passa no meio, atiram para debilitá-lo e matá-lo.

Na tenda do rei, vi três grandes bandejas que pareciam feitas de ônix iemenita. Ele me contou que eram feitas da base do chifre desse animal. Algumas pessoas de lá disseram que ele era o rinoceronte.

ENTERRO E LUTO

Disse Aḥmad Ibn Faḍlān:

Entre eles, não vi pessoas coradas de boa saúde, mas uma maioria de doentes. Provavelmente a maioria deles morra de cólica. Até mesmo as crianças de colo sofrem dela. Quando morre um muçulmano ou o marido de uma mulher de Ḫuwārizm, lavam seu corpo da maneira islâmica, colocam-no em um carrinho com um estandarte à frente e levam-no ao lugar onde vão enterrá-lo. Ao chegarem, pegam-no do carrinho e o colocam na terra. Então, fazem uma linha ao seu redor e o tiram de lá. Dentro desse espaço, cavam sua cova, fazem-lhe um túmulo e o enterram. Assim fazem com seus mortos.

As mulheres não choram pelo morto, mas são os homens que o fazem. No dia da morte, vão até a tenda do defunto, param à entrada e soltam o choro mais feio, barulhento e bestial que há.

É assim que é feito com os homens livres. Quando terminam de chorar, os escravos trazem tiras de couro trançadas. Eles continuam chorando e começam a se bater com aqueles cintos nos flancos e nas demais partes que estejam à mostra, até deixar marcas no corpo como vergões de um chicote. É imprescindível que se hasteie o estandarte à porta de sua tenda. Então, preparam as armas do falecido e as colocam em volta de seu túmulo. Não param de chorar por dois anos.

Ao fim desses dois anos, tiram o estandarte e cortam os próprios cabelos. Os parentes do morto oferecem um banquete para mostrar que saíram das lamentações. Caso ele tenha tido esposa, ela se casa. Isso vale para seus líderes; o povo, por sua vez, faz apenas uma parte dessas cerimônias para seus mortos.

RELAÇÕES DIPLOMÁTICAS

O rei dos eslavos paga ao rei dos khazares um imposto de uma pele de zibelina por tenda que houver em seu reino. Se um barco chega da terra dos khazares à terra dos eslavos, o rei sobe a bordo, conta seu conteúdo e pega um décimo do que houver. Quando os rus ou outros povos de outras raças vêm com escravos, o rei tem direito a um em cada dez.

O filho do rei dos eslavos é refém do rei dos khazares. Este, quando soube que a filha daquele era belíssima, enviou um pedido de noivado, mas foi rejeitado com desculpas. Então, mandou seus homens, que a tomaram à força. Ele é judeu e ela, muçulmana. Ela morreu nas terras dele, e ele, por sua vez, encaminhou um novo pedido por outra filha. Assim que o pedido chegou ao rei dos eslavos, ele se apressou em casá-la com o rei Askal, que era seu subordinado, temendo que a levassem à força como haviam feito com sua irmã. Com medo do rei dos khazares, o rei dos eslavos mandou escrever ao califa, pedindo a ele que lhe construísse um forte.

O FAVOR DO CALIFA

Disse Aḥmad Ibn Faḍlān:

Um dia, perguntei ao rei dos eslavos: "Seu reino é vasto, suas riquezas, múltiplas, e os tributos que coleta, muitos. Por que pediu ao califa uma quantia não especificada de dinheiro para que construísse um forte?". Ele disse: "Considero o Islã uma dinastia próspera que adquire suas riquezas licitamente. Por isso, fiz meu pedido. Se eu mesmo quisesse construir um forte com minha prata e meu ouro, não teria sido impossível para mim. Mas, como eu queria a bênção do dinheiro do comandante dos fiéis, encaminhei meu pedido".

APARÊNCIA E POSSES

Disse Aḥmad Ibn Faḍlān:

Vi também os rus, que tinham vindo a comércio e acamparam à margem do rio Volga. Nunca tinha visto corpos tão perfeitos quanto os deles. Altos como palmeiras, brancos e ruivos, não usam túnica ou cafetã. Em vez disso, cada um deles veste um manto que lhe cobre um lado do corpo, deixando um dos braços de fora. Cada um carrega consigo um machado, uma espada e uma faca, e nunca se separa dessas armas.

Suas espadas são largas e sulcadas como as francas. Da ponta dos dedos até o pescoço, todos têm tatuagens verdes – árvores, figuras e outros desenhos.

Todas as mulheres levam uma caixinha atada junto aos seios – de ferro, prata, cobre ou ouro, de acordo com quanto dinheiro o marido tem. Nas caixinhas, há sempre um anel, no qual está embainhada uma faca, também atada junto aos seios. Elas usam colares de ouro e prata no pescoço. Quando um homem possui 10 mil dirrãs, compra um colar para sua esposa. Se possui 20 mil, compra dois colares. Da mesma forma, para cada 10 mil que tiver, compra mais um colar para sua esposa. Assim, uma delas pode ter vários colares no pescoço.

O adorno mais importante entre eles são contas verdes de cerâmica que têm aos montes em seus barcos. Compram cada conta por 1 dirrã e as encordoam em colares para suas esposas.

HÁBITOS E HIGIENE

Eles são as mais imundas criaturas de Deus. Não se limpam depois de defecar ou urinar, não se lavam depois das impurezas rituais e não lavam as mãos depois de comer. São mesmo como burros errantes. Quando vêm da terra deles, param seus barcos no Volga, que é um rio grande, e constroem à margem suas grandes casas de madeira.

Em uma mesma casa, vivem grupos de dez ou vinte pessoas, mais ou menos. Cada um deles tem um estrado onde dorme acompanhado de belas escravas que comercializam. Se um deles faz sexo com sua escrava, faz isso às vistas dos companheiros. Às vezes, um grupo se reúne e faz isso na frente uns dos outros. Às vezes, um mercador vai até eles para comprar uma escrava e encontra o proprietário fazendo sexo com ela, e este não cessa até que esteja satisfeito.

Todos os dias, impreterivelmente, eles lavam o rosto e a cabeça com a água mais imunda e nojenta que há. Todo dia, uma escrava vem com o desjejum e uma grande bacia cheia de água. Ela a dá ao seu proprietário, que lava as mãos e o rosto, depois derruba um pente na bacia, passa no cabelo e o lava. Então, assoa o nariz, cospe e faz tudo que houver de nojento naquela água. Quando ele termina de fazer o que precisava, a escrava carrega a bacia ao próximo homem, que faz o mesmo que fez seu companheiro. Ela continua levando a bacia de um para outro até que tenha rodado todo o grupo da casa. Todos eles assoam o nariz, cospem, lavam o rosto e o cabelo na mesma bacia.

OFERENDAS AOS ÍDOLOS

Assim que os barcos deles chegam àquele porto, cada um desce com pão, carne, cebola, leite e vinho, que leva a um longo poste de madeira fincado no chão, onde há esculpido um rosto parecido com o de uma pessoa. Em torno dele, há pequenos ídolos e, atrás deles, longos postes de madeira fincados no chão. Ele se prostra diante do ídolo grande e diz: "Ó Senhor, vim de minha terra distante trazendo tantas e tantas escravas, tantas peles de zibelina e tanto de couro", e segue até relacionar tudo o que levara para comercializar. Então, diz: "Trouxe-lhe este presente", deixa em frente ao poste o que levara consigo e diz: "Quero que me dê a dádiva de um mercador comprar tudo o que eu quiser com muitos dinares e dirrãs, sem regatear o preço que eu der", e então vai embora.

Se suas vendas se dificultam e sua estada se prolonga, ele volta com um segundo presente e um terceiro. Se ainda assim seu pedido não for aceito, leva um presente para cada um daqueles pequenos ídolos e lhes pede que intercedam, dizendo: "Aquelas são as mulheres do nosso Senhor, suas filhas e filhos". Continua pedindo de ídolo em ídolo, buscando sua intercessão e rastejando à sua frente. Às vezes, suas vendas são facilitadas e, quando ele vende tudo, diz: "Meu Senhor atendeu à minha necessidade. Preciso compensá-Lo". Ele adquire um número de ovelhas ou vacas e as abate. Distribui uma parte da carne, leva o restante e coloca em frente ao poste maior e em volta dos menores. Então, pendura a cabeça das vacas ou das ovelhas sobre aquele poste fincado no chão. Quando chega a noite, os cães vêm e comem tudo aquilo. Assim, aquele que fizera a oferenda diz: "Meu Senhor ficou satisfeito comigo e comeu meu presente".

DOENTES

Se algum deles fica doente, armam-lhe uma tenda à margem de onde estão, colocam-no dentro e lhe dão um pouco de pão e água. Não se aproximam nem falam com ele. Eles nem sequer o visitam durante todos os dias em que estiver doente, especialmente se for um pobre ou um escravo. Quando melhora, ele se levanta e volta ao grupo. Caso morra, eles o queimam. Se for um escravo, deixam-no como está para que os cães e os pássaros o devorem.

Quando pegam um ladrão ou bandido, levam-no a uma árvore larga, amarram-lhe uma corda grossa no pescoço e o enforcam. Ele fica lá pendurado até se despedaçar pela exposição ao vento e à chuva.

MORTE DE POBRES E RICOS

Disseram-me que, quando um de seus líderes morre, eles lhe fazem diversas coisas, das quais a última é queimá-lo. Eu quis saber mais sobre isso, até que fiquei sabendo da morte de um homem importante e fui a seu túmulo. Haviam-no colocado ali com um telhado por cima durante dez dias, até que terminassem de cortar e costurar suas roupas.

Quando o falecido é um homem pobre, constroem um pequeno barco, colocam-no dentro e queimam. Quando é rico, reúnem o dinheiro dele e dividem em três terços: um para a família, um para fazerem suas roupas e um para o vinho do dia em que a escrava dele se mata e queima com seu proprietário.

Eles tomam muito vinho, bebem dia e noite. Às vezes, um deles morre com uma caneca na mão. Quando um dos líderes deles morre, a família pergunta a suas escravas e escravos: “Quem de vocês morrerá com ele?”, ao que algum deles responde: “Eu”. Se o disser, fica obrigado a fazê-lo sem poder voltar atrás. Mesmo que queira, não pode. Na maioria dos casos, quem se habilita são as escravas.

FUNERAL DE UM NOBRE

Quando morreu aquele homem que mencionamos, disseram às suas escravas: “Quem morrerá com ele?”, e uma delas disse: “Eu”. Nisso, apontaram duas escravas para vigiá-la, ir com ela aonde fosse e até mesmo, por vezes, lavar-lhe os pés com as próprias mãos. Então, voltaram a atender o falecido, cortar suas roupas e acertar todas as coisas de que ele precisasse. A escrava bebeu e cantou alegre e contente todo o dia.

No dia de queimá-los – ele e a escrava –, compareci ao rio em que estava seu barco. Haviam tirado o barco da água para que ele recebesse quatro pilares de madeira *ḫaḏank* e outras. Também colocaram à sua volta o que parecia ser uma grande estrutura de madeira, como um celeiro. Então, o barco foi puxado para cima daquela estrutura. Eles se aproximaram, indo e vindo, falando palavras que eu não entendi, enquanto o falecido ainda jazia no túmulo. Trouxeram um estrado, puseram-no no barco e o preencheram com um colchão e almofadas de brocado bizantino. Nisso, veio uma mulher velha a quem eles chamam "anjo da morte" e estendeu os estofados que mencionamos. Ela é encarregada de costurá-los e arrumá-los, além de matar as escravas. Vi que ela era uma feiticeira enorme e sinistra.

Quando chegaram ao túmulo do homem morto, removeram a terra que estava sobre a madeira e depois a própria madeira. Tiraram-no com as roupas que estava usando quando morrera. Vi que ele ficara preto por causa do frio daquela terra. No túmulo, haviam colocado vinho, frutas e um tambor. Tiraram tudo isso de lá. Ele não fedia e nada, exceto sua cor, havia mudado.

Vestiram-lhe ceroulas, meias, botas, túnica e um cafetã de brocado com botões de ouro. Puseram-lhe na cabeça um gorro pontudo de brocado e pele de zibelina. Carregaram-no e dispuseram-no na tenda que estava sobre o barco. Deitaram-lhe o corpo no colchão e a cabeça nas almofadas, e colocaram vinho, frutas e manjericão com ele.

Trouxeram pão e carne e puseram à sua frente. Trouxeram um cão, partiram-lhe ao meio e lançaram-no ao barco. Então, trouxeram todas as suas armas e colocaram ao seu lado. Pegaram dois cavalos, fizeram-nos correr à exaustão, cortaram-nos em pedaços com a espada e lançaram sua carne ao barco.

Então, trouxeram duas vacas, também as cortaram em pedaços e lançaram ao barco. Depois, prepararam um galo e uma galinha, mataram-nos e os colocaram nele também.

Enquanto isso, a escrava que quis se matar ia e vinha, entrando em cada uma das tendas. O dono da tenda fazia sexo com ela e dizia: "Diga ao seu proprietário: só fiz isso por amor a você".

O ANJO DA MORTE

Na sexta-feira, quando chegou a hora da reza da tarde, trouxeram a escrava até uma estrutura que haviam armado e que parecia um batente de porta. Ela apoiou as pernas na palma das mãos dos homens, até que pudesse ver aquele batente, disse algumas palavras e eles a desceram. Ergueram-na uma segunda vez e ela fez como fizera da primeira, então a desceram e a subiram uma terceira vez, e ela fez como fizera das outras duas vezes. Então, deram-lhe a galinha, ela arrancou sua cabeça e a arremessou longe. Pegaram a galinha e a jogaram no barco.

Perguntei ao intérprete sobre o que ela estava fazendo. Ele disse: "Da primeira vez que a levantaram, ela disse: 'Lá vejo meu pai e minha mãe'; da segunda, disse: 'Lá vejo todos os meus parentes mortos sentados'; e da terceira: 'Lá vejo meu proprietário no paraíso junto com homens e escravos, e o paraíso é bom e verde. Ele está me chamando, então me mandem até ele!'". Eles a levaram até o barco, ela tirou as duas pulseiras que estava usando e deu à mulher chamada de "anjo da morte", que é quem mata a escrava. Tirou as duas tornozeleiras que usava e as deu às duas escravas que tinham ficado a serviço dela, que são filhas da mulher conhecida como "anjo da morte".

Então, subiram-na no barco sem colocá-la dentro da tenda. Os homens vieram com escudos e bastões de madeira e deram a ela uma caneca de vinho, para a qual ela cantou e então bebeu. O intérprete me disse: "Ela faz isso para se despedir das companheiras".

Então foi-lhe entregue outra canec,a que ela pegou, estendendo a cantoria, ao que a velha a incitava a beber e entrar na tenda em que estava seu proprietário. Vi que ela se embriagara, pois queria entrar na tenda, mas colocou a cabeça entre ela e o barco. A velha pegou sua cabeça, empurrou-a para dentro da tenda e entrou junto.

Os homens começaram a bater os bastões nos escudos para que não se escutasse o som dos gritos, os quais assustariam as outras escravas, fazendo-as não querer mais morrer com seus proprietários. Então, seis homens entraram na tenda e todos fizeram sexo com a escrava, sem exceção, e então deitaram-na ao lado de seu proprietário, dois segurando-a pelos pés e dois pelas mãos. A velha chamada de "anjo da morte" colocou em seu pescoço uma corda, cruzando as duas pontas e passando-as a dois homens para que puxassem, e veio com uma adaga de lâmina larga. Começou a enfiá-la entre as costelas dela aqui e ali, e então a tirar, enquanto os dois homens a enforcavam com a corda, até que ela tivesse morrido.

Então, veio o parente mais próximo daquele falecido, pegou um bastão e o jogou no fogo. Andando para trás – de costas para o barco e de frente para as pessoas – com a tocha em uma mão e a outra cobrindo o ânus, pois estava nu, acendeu a madeira que fora distribuída embaixo do barco. Depois disso, puseram o corpo da escrava que haviam matado ao lado de seu proprietário.

Então, as pessoas vieram com bastões e lenha. Cada um tinha um bastão, cuja ponta haviam acendido e que lançaram àquela madeira. O fogo pegou na lenha, no barco e então na tenda, no homem, na escrava e em tudo o mais que estava lá. Nisso, bateu uma ventania assustadora, as chamas cresceram e o calor se intensificou. Ao meu lado, havia um dos rus que eu escutei conversando com o intérprete que estava comigo. Perguntei ao intérprete o que ele dissera. Ele disse: "Ele diz: vocês árabes são tolos", e eu disse: "Por que isso?". Ele disse: "Vocês colocam as pessoas a quem mais amam e respeitam na terra, onde as minhocas e os vermes as comem. Nós as queimamos com fogo em um instante, assim elas entram no paraíso na mesma hora".

Então, ele riu demais. Eu perguntei sobre aquele vento e ele disse: "O amor de seu Senhor por ele é tão grande que Ele enviou o vento para levá-lo em uma hora". De fato, não passou uma hora até que o barco, a lenha, a escrava e o falecido tivessem virado cinzas e pó. Depois, no local por onde haviam tirado o barco do rio, construíram como que um morro redondo e fincaram um grande poste de madeira *ḫaḏank* no meio. Escreveram nele o nome do homem, o nome do rei dos rus e foram embora.

O REI DOS RUS

Disse Aḥmad Ibn Faḍlān:

É um costume do rei dos rus ter em seu palácio quatrocentos homens, os quais são seus companheiros mais próximos e pessoas de sua confiança. Eles morrem quando ele morre e se sacrificam por ele. Cada um deles tem uma escrava consigo que lhe serve, lava sua cabeça e lhe prepara o que comer e beber, e outra escrava com quem ele se deita. Esses quatrocentos homens se sentam embaixo de seu trono, um grande trono com joias preciosas incrustadas. Junto a ele, sobre o trono, ficam quatrocentas escravas para ele levar ao leito. Às vezes, ele faz sexo com uma delas na presença de seus companheiros – os quais mencionamos – sem sequer descer de seu trono.

Se ele quer fazer suas necessidades, usa uma bacia. Se quer cavalgar, trazem-lhe seu cavalo até o trono e ele monta lá. Se quer descer de seu cavalo, volta até o trono para descer nele. Ele tem um subordinado que conduz o exército, combate os inimigos e o representa perante seus súditos.

O GRANDE KHAGAN

O rei dos khazares tem o título de khagan. Ele aparece em público apenas uma vez a cada quatro meses. Chamam-no de "o grande khagan"; e o seu sucessor, de "khagan *bih*". Este é quem comanda e conduz seu exército, encaminha e lida com os assuntos do reino, aparece em público e lidera os saques. Os reis das redondezas são submissos a ele. Todos os dias, ele se apresenta ao grande khagan modestamente, demonstrando humildade e tranquilidade. Só comparece descalço e segurando um pedaço de lenha nas mãos. Depois de saudar o grande khagan, acende a lenha na sua frente. Quando ela termina de queimar, ele se senta ao lado direito do trono. O homem que o sucede é chamado de "*kundur* khagan", e o que sucede este é chamado de "*jāwšīġir*".

É costume do grande rei não se sentar com o povo, não falar com ele e somente admitir em sua presença aqueles que mencionamos. Nomear os oficiais, aplicar sanções e dirigir o reino são tarefas do seu sucessor, o khagan *bih*.

Quando o grande rei morre, o costume é que se construa um grande pavilhão com vinte casas e que, dentro de cada uma, se cave um túmulo. Pedras são trituradas até ficarem como cajal e são espalhadas por ali. Em cima disso, joga-se cal. Embaixo do pavilhão, fica um rio – um grande rio corrente. Fazem o túmulo sobre o rio e dizem: "Para que não o alcancem nem um demônio, nem uma pessoa, nem um verme, nem uma minhoca".

Quando ele é sepultado, aqueles que o enterraram têm o pescoço cortado para que não se saiba em qual daquelas casas está o túmulo. Seu túmulo é chamado de "paraíso". Dizem: "Ele adentrou o paraíso", e todas as casas são cobertas com brocado tecido com ouro.

É costume que o rei dos khazares tenha 25 esposas, cada uma filha de um dos reis que o apoiam. Ele as toma tanto com consentimento como à força. Ele tem sessenta escravas e concubinas para o leito, todas belíssimas. Elas vivem num palácio isolado, sejam livres ou escravas, cada uma com uma tenda coberta de teca e circundada por uma tenda maior. Cada uma delas tem um eunuco que a mantém reclusa. Quando o rei quer fornicar com alguma delas, comunica ao eunuco que a vigia, o qual a leva até sua cama mais rápido que um piscar de olhos e fica esperando à porta da tenda do rei. Quando ele termina com ela, o eunuco a toma pela mão, tirando-a dali sem largá-la sequer por um instante.

Quando aquele grande rei vai cavalgar, todo o seu exército o acompanha, tomando uma distância de 1 milha dele. Sempre que algum de seus súditos o vê, cai de rosto para baixo, prostrando-se sem erguer a cabeça até que ele tenha passado.

O período do reinado é de quarenta anos. Caso ultrapasse um dia disso, seus súditos e membros da corte o matam e dizem: "Este perdeu a razão e seu juízo ficou confuso".

Se ele envia uma tropa em expedição, sob nenhuma circunstância ela lhe dá as costas. Se são derrotados, todos aqueles que fogem na direção dele são mortos. Quanto a seus generais e subordinados, caso sejam postos para correr, ele os convoca junto com as respectivas esposas e filhos, e dá estes e aquelas a outros diante de seus olhos, bem como seus cavalos, bens, armas e casas. Às vezes, eles são cortados ao meio ou crucificados. Às vezes, o rei os pendura pelo pescoço numa árvore. Às vezes, se quiser ser bondoso, ele os manda trabalhar nos estábulos.

O rei dos khazares tem uma enorme cidade no rio Volga, que ocupa suas duas margens. Em uma delas, vivem os muçulmanos; na outra, o rei e seus companheiros. Entre os muçulmanos, há um homem – pajem do rei – que é chamado de *ḫaz* e também é muçulmano. Os julgamentos, tanto dos muçulmanos estabelecidos na terra dos khazares como dos diferentes homens que lá vão a comércio, são remetidos ao pajem muçulmano. Ninguém mais observa suas questões ou julga suas querelas.

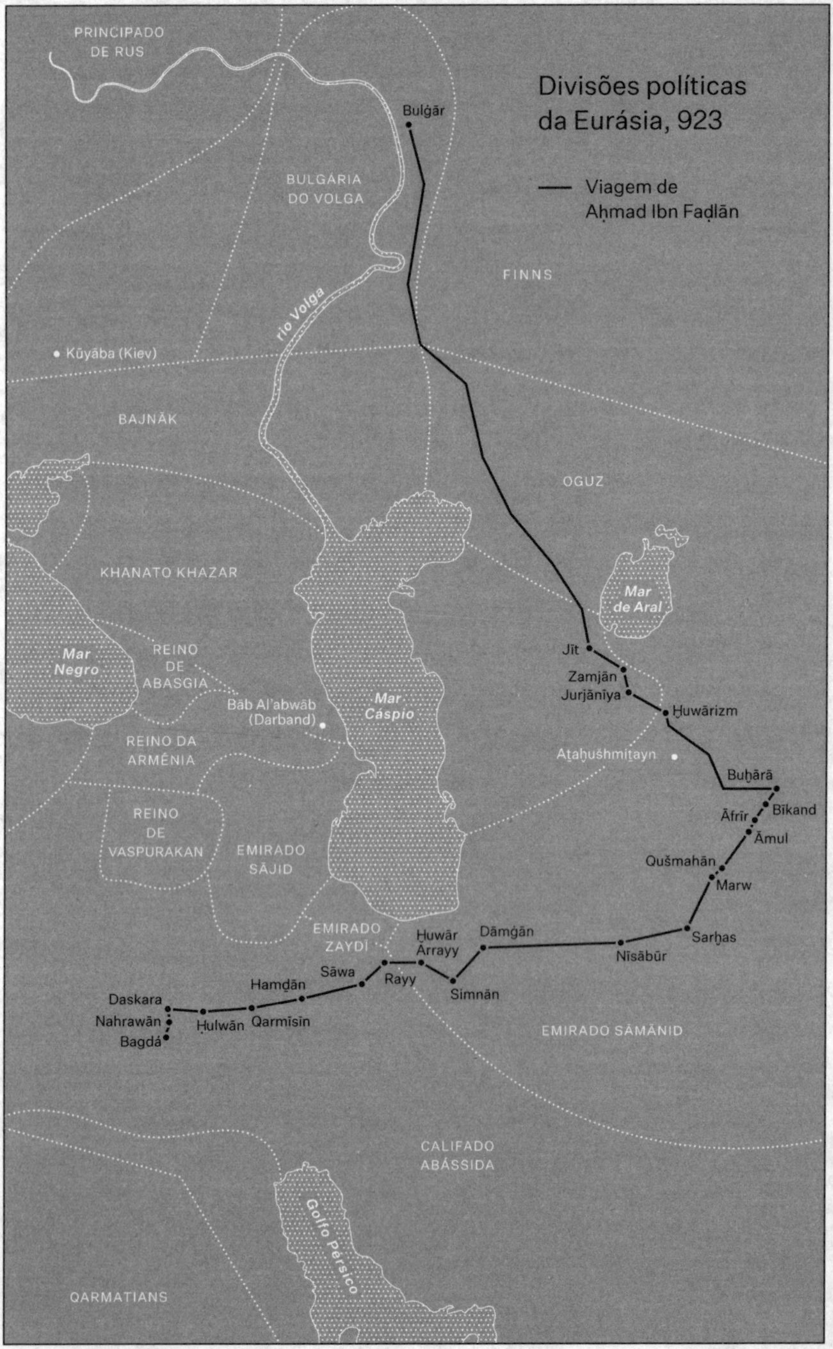
Divisões políticas da Eurásia, 923
Viagem de Aḥmad Ibn Faḍlān
PRINCIPADO DE RUS
Bulġār
BULGÁRIA DO VOLGA
FINNS
rio Volga
Kūyāba (Kiev)
BAJNĀK
OGUZ
KHANATO KHAZAR
Mar de Aral
Mar Negro
REINO DE ABASGIA
Jīt
Zamjān
Jurjānīya
Ḫuwārizm
Bāb Al'abwāb (Darband)
Mar Caspio
REINO DA ARMÊNIA
Aṯaḫušhmiṯayn
Buḫārā
Bīkand
Āfrīr
Āmul
REINO DE VASPURAKAN
EMIRADO SĀJID
Qušmahān
Marw
EMIRADO ZAYDÍ
Ḫuwār Ārrayy
Dāmġān
Sarḫas
Nīsābūr
Sāwa
Hamḏān
Rayy
Simnān
Daskara
Nahrawān
Bagdá
Ḥulwān
Qarmīsīn
EMIRADO SĀMĀNID
CALIFADO ABÁSSIDA
Golfo Pérsico
QARMATIANS

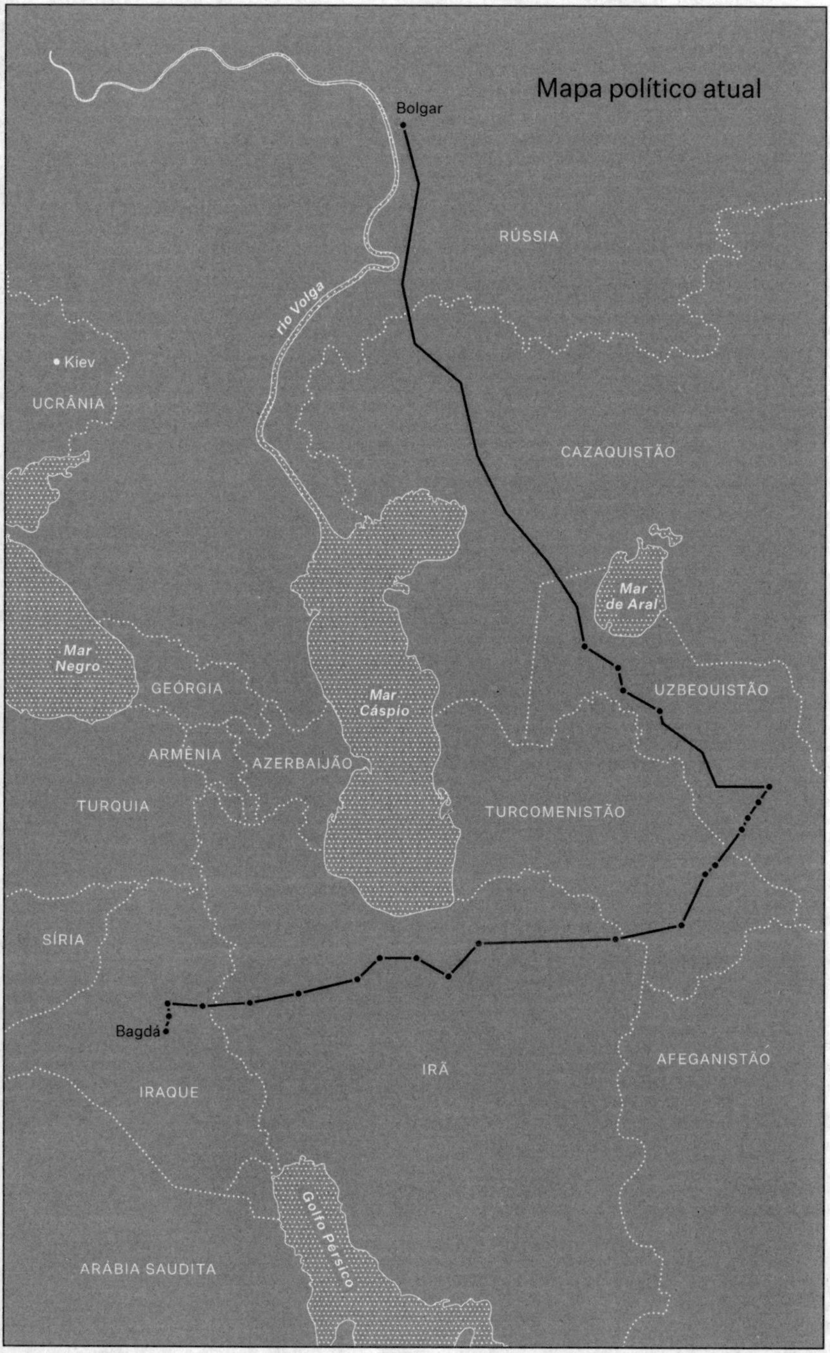

Mapa político atual
Bolgar
RÚSSIA
rio Volga
Kiev
UCRÂNIA
CAZAQUISTÃO
Mar de Aral
Mar Negro
GEÓRGIA
Mar Cáspio
UZBEQUISTÃO
ARMÊNIA
AZERBAIJÃO
TURQUIA
TURCOMENISTÃO
SÍRIA
Bagdá
AFEGANISTÃO
IRÃ
IRAQUE
Golfo Pérsico
ARÁBIA SAUDITA

Cronologia

1 H./622 d.C.
Fuga de Maomé de Meca para Medina, onde funda a primeira comunidade muçulmana. O episódio, conhecido como Hégira, marca o início do calendário islâmico.

11 H./632 d.C.
Morte do profeta Maomé. Fundação do primeiro califado, o governo monárquico islâmico, dito ortodoxo, que durou até 661. Início das conquistas árabes.

c. 30 H./650 d.C.
Os khazares, povo seminômade turco da Ásia central, se estabelecem às margens do mar Cáspio e fundam o khaganato, uma forma de império que reúne vários khanatos.

40 H./661 d.C.
Fim do califado ortodoxo, início do califado omíada (do árabe transliterado *umawīya*).

48 H./668 d.C.
A Grande Bulgária, estado que reunia as principais tribos búlgaras na região onde hoje é o sul da Ucrânia e sudoeste da Rússia, é desintegrada. O povo é dividido em hordas, e uma delas segue para o norte e se estabelece na confluência dos

rios Volga e Kama, fundando a Bulgária do Volga.

---

112 H./730 d.C.
Em retaliação a ataques do califado árabe contra os khazares, estes fazem uma ofensiva que deixa dezenas de milhares de árabes mortos.

---

114 H./732 d.C.
Marwān Ibn Muḥammad, o último califa omíada, lidera uma importante ofensiva contra os khazares, frustrada por chuvas torrenciais.

---

119 H./737 d.C.
Ibn Muḥammad lidera contra os khazares um exército reforçado de 150 mil homens. O khagan foge, mas é capturado e convertido ao Islã; 20 mil eslavos que vivem em território khazar são deportados.

---

132 H./750 d.C.
A dinastia omíada é derrotada pelos abássidas. Início do terceiro califado islâmico, que ficaria no poder até 1519.

---

145 H./763 d.C.
Os abássidas mudam a capital do império islâmico de Damasco para Bagdá, a Cidade da Paz. Início da chamada era de ouro islâmica.

---

181 H./798 d.C.
Último ataque khazar contra os árabes.

---

c. 183 H./800 d.C.
Data aproximada da conversão da elite khazar ao judaísmo.

---

294 H./908 d.C.
Almuqtadir Billāh torna-se o califa do império islâmico. Seu califado dura até 932 d.C.

---

309 H./921 d.C.
Almaš Ibn (Šilkī) Yalṭwār, o rei dos eslavos, ou búlgaros do Volga, escreve ao califa árabe Almuqtadir Billāh pedindo apoio espiritual e proteção bélica contra os khazares. Aḥmad Ibn Faḍlān é enviado na missão.

---

310 H./922 d.C.
Ibn Faḍlān chega a Bulġār, onde se encontra com o rei dos eslavos.

---

617 H./1224 d.C.
a 621H./1228 d.C.
O biógrafo e geógrafo Yāqūt Alḥamawī escreve *Muʿjam*

Albuldān [Dicionário de países], citando o relato de Ibn Faḍlān.

---

635 H./1237 d.C.
Os búlgaros do Volga são conquistados pelos mongóis.

---

656 H./1258 d.C.
Bagdá é tomada pelos mongóis e o último califa abássida é executado.

1341 H./1923 d.C.
Conjunto de manuscritos contendo o relato de Ibn Faḍlān sobre a viagem ao Volga é descoberto no Irã.

1357 H./1939 d.C.
Publicada a primeira edição do relato de Ibn Faḍlān em livro.

Primeira edição
© Editora Carambaia, 2018

Esta edição
© Editora Carambaia
Coleção Acervo, 2019
1ª reimpressão, 2023

Título original
Risālat Ibn Faḍlān
[Bagdá, 921-922 d.C.]

Versão da apresentação
em árabe
Nasser Sawan

Preparação
Tamara Sender

Revisão
Ricardo Jensen de Oliveira
Vanessa Gonçalves
Floresta

Revisão do árabe
Pedro Martins Criado

Mapas
Bruno Algarve

Projeto gráfico
Bloco Gráfico

CIP-BRASIL. CATALOGAÇÃO NA
PUBLICAÇÃO / SINDICATO NACIONAL
DOS EDITORES DE LIVROS, RJ /
I21v / 2. ed. / Ibn Faḍlān, Aḥmad, fl. 922 /
*Viagem ao Volga: Relato do enviado de
um califa ao rei dos eslavos* / Aḥmad Ibn
Faḍlān; tradução e apresentação
Pedro Martins Criado.
[2. ed., 1. reimp.] São Paulo: Carambaia, 2023.
168 p.; 20 cm. [Acervo Carambaia, 9]
Tradução: *Risālat Ibn Faḍlān* |
ISBN 978-85-69002-71-0
1. Ibn Faḍlān, Aḥmad, fl. 922 – viagens –
Volga, Rio, Região. 2. Volga, Rio,
Região (Rússia) – Descrições e viagens.
I. Criado, Pedro Martins. II. Título. III. Série.
23-82252 / CDD 914.7 / CDU 910.4(470+571)

Meri Gleice Rodrigues de Souza
Bibliotecária – CRB-7/6439

CARAMBAIA

9

رحلة إلى نهر الفولغا

تقريرُ مبعُوث
الخليفة إلى ملك
السلافيين

أحمدُ بنُ فضلان

ترجمة

بيدرو مارتينس كريادو

التقديم

حكايةُ هذا السفر أشبه ما تكونُ بحكاية مسافر عظيم، وقعت بين عامي 921 و 922 مسيحية / 309 و 310 إسلامية، وفق التقويم الهجري، وخلال هذه المُدة يسجلُ المُفوضُ العامُ للخليفة مسار الحاشية خلال البعثة الدبلوماسية، تم استخدامُ هذا التقرير في القرن العاشر الميلادي / الرابع الهجري كمصدر للبحث من قبل أحد الجغرافيين الذين دونوا موسوعة حول البلدان التي كانت معروفةً آنذاك، و بعد عدة قرون وتحديداً عام 1923م، تم اكتشافُ مجموعة من مخطوطات القرن الثالث عشر الميلادي / السابع الهجري في إيران تضُمُ أربعة كتب من بينها نسخة بتراء من هذا التقرير، هذه النسخةُ بدورها بدأت بالانتشار في أول طبعة مستقلة لها بعد تحقيقها في عام 1939م.

إن كان من الصعوبة تحديدُ مدى تأثير هذا النص خلال مرحلته التاريخية، فمن الممكن أن نُؤكد أن هذا التأثير لم

يكن ضئيلاً، وقد لُوحظت آثاره في الثقافة العربية — والتي كرستُه كواحد من رموزُ الفترة التاريخية الأكثر أهميةً للروح الإسلامية الخلاقة — وفي الغرب أيضاً، كمصدر تاريخي قروسطي عن شمال وشرق أوروبا، والجنوب الغربي الآسيوي وعن الإسلام، ولا تزال مستمرة حتى يومنا هذا في إلهام المنتوج الثقافي المعاصر. يظهر كل من التقرير ومؤلفه، عبر الصيغة المتفردة في وصف العالم ووضوح قُدرة المُعاينة، قد يكونُ من السذاجة بمكان اعتبارُه مجرد مرسوم وثائقي (بروتوكول) — سواء بسبب مُختلف التفصيلات المتعلقة بالترحال، أم الشخصيات المُستشهد بها أو القضايا الإدارية، أم بسبب الأسلوب المُباشر والموضوعي والجاف لكاتبه، وعلى الرغم من كُل هذا فإن ما يتمُ استخلاصُه من شهادته ليس سجلاً بيروقراطياً أو سردًا تقليديًا، بل هي شهادةٌ لوجهة نظر رحالة شديد الملاحظة إلى أقصى الحدود. وهكذا وعلى الرغم من أن الرحلة كانت مدفوعةً ببعثة رسمية، حيث أن الكاتب يُمارس وظيفة السكرتير العام للخليفة، والمُتحدث الرسمي باسم أمير المؤمنين، إلا أن الراوي يكشفُ مُنذ البداية عن معلوماته ومُلاحظاته التي جمعها عبر مساره، من المُمكن أن سلسلةً من الأحداث الحاسمة على مدار أكثر من ألف عام قد تخللت.

طريق هذه الشهادة حتى وصلت إلينا، معرفةُ بعض هذه الأحداث تعرضُ لنا تاريخ كتاب، كالراوي تماما، كالرحال.

عيونُ البعثة

بدأ كلُ شيء سنة 921 مسيحية / 309 إسلامية عندما أرسل ألمُش بن يلطوار ملكُ السلافيين — يدعوهمُ العرب بالصقالبة — إلى بغداد رسالةً موجهةً إلى الخليفة المُقتدر بالله من السُلالة العباسية، 895-932 مسيحية / 320-282 إسلامية، في الرسالة طلب ملكُ السلافيين من السُلطة الإسلامية العليا دعماً لبناء مسجد ومنبر لنشر الإيمان بالعقيدة الإسلامية وإطلاق اسم الخليفة في أراضيه، وكذلك حصناً لحماية نفسه من خصومه، الطلبُ الدبلوماسيُ هو الذي يحفزُ هذا الكتاب، زعيمُ شعب عظيم من الشمال يلتمسُ من زعيم إسلامي التأييد الروحي والحربي، طوال القصة يتمُ شرحُ هذا الوضع كجُزء من إستراتيجية سياسية تهدُفُ إلى محاربة الخزر ومحاولاتهمُ المتنامية لإخضاع مملكة السلاف، كان الخزرُ شعباً من أصل تركي تحول حديثًاً إلى اليهودية و امتدت أراضيه من ضفاف نهر الفولغا إلى شمال القوقاز ومنطقة القرم، والتي كان يحكمُها خاجان أو (خان عظيم) على شاكلة خان المغول، توقفت علاقتُه مع الشعب السلافي على جمع الجلود كضرائب متناسبة مع عدد خيام سكانها، واقتراحات للاقتران الدبلوماسي، أما حقيقةُ أن ابن الملك السلافي قد أُخذ كرهينة من قبل ملك الخزر يتمُ ذكرهُا أيضاً كأحد أسباب بناء الحصن.

بناءً على الطلب: يقررُ الخليفةُ إرسال الأموال ومجموعةً من المبعوثين لتعليم مملكة السلاف الشريعة والعقيدة الإسلامية ومن بينهم أحمدُ بنُ فضلان، ويصفُ دوره بأنه: (مسؤولٌ عن قراءة رسائل الخليفة وتسليم الهدايا المرسلة، والإشراف على الفُقهاء والمُعلمين)، لا يُعرف سوى القليل عن

هذا المبعُوث بما لا يتجاوزُ ما سجلهُ بنفسه في الرحلة منذ بدئها في بغداد لغاية وصوها إلى مملكة البُلغار عند الفولغا — حالياً بولغار في روسيا -، ولا يُصرح في أي مرحلة ما إذا كان التقريرُ أحد مهامه أو أنه نوعٌ من المُذكرات الشخصية، المدخلُ الوحيدُ للقصة هو البيانُ الأوليُ: (هذا كتابي عن ما رأيته).

في الواقع، الحادثةُ هي مهمةٌ رسميةٌ مثلها كمثل الأسلوب الذي يُؤديها به الراوي، يُدرك طابعها الوثائقي في الاستشهاد بالأسماء الحقيقة للمُشاركين في الحملة، القضايا الإدارية وقيمُ العملات في مناطق بعيدة عن الخلافة الإسلامية، مع كل ذلك من المُفاجئ أن يحتوي التقريرُ على هذه الموضوعات البيروقراطية التي تتشابكُ بشكل طبيعي مع المعلومات الطريفة واللحظات الاستثنائية، عُبورُ الصقيع وجسدُ العملاق وعاداتُ الناس التي التقاها ابن فضلان على طُول الطريق من بين أخرى غيرها تشكل بعض النقاط التي تلفتُ الانتباه إلى ثراء التفاصيل، من المُؤكد أن أبرز الأوصاف المُفعمة بالحيوية ليست إلا شهادة العيان الوحيدة والمعروفة للمراسم الجنائزية عند الفايكينج، والتي كانت مُمارستُها تتراجعُ فعلياً في تلك الحقبة، هذه الأوصافُ وغيرها كانت مسؤولةً عن تشكيل صورة حول ثقافات الشمال في جميع أنحاء العالم ولعدة قرون.

الجودةُ الأدبيةُ التي جعلت من التقرير معروفاً برزت في مُحتواه الأكثر ذاتيةً، واحدةٌ من هذه العناصر هي وظيفةُ المُراقب التي تُعين الراوي، على الرغم من غرضه غير الرسمي فإن النص يتميزُ بأوصاف مصنوعة بمثل هذه المهارة والتي تُمكن القارئ من تخيُل ملاحظاته بتفصيل شديد. يتمُ إنشاءُ

هذه الصيغة للنص العياني عبر التكرار المرتفع جداً لفعل (رأى) بافتراض معان مختلفة غير عيانية (كـ بصر، شهد، عاين، نظر)، ومن أكثرها تكراراً (وعى) (انتبه) (وعب) جميعهم يتحدون تحت استخدام الفعل نفسه (رأى)، على الدوام تُستعمل صيغةُ الفعل رأى مع تاء المتكلم: رأيتُ، كما تتعزز العيانية بسبب عدم التنويه بمصادر المعلومات المكتُوبة، وبنفس الطريقة التي تعززُ الأسلوب الوثائقي، فإن المعاينة البصرية هي الطريقةُ الحصريةُ لاستيعاب النص وتقديمه كواحد من أكثر الأشكال الأولية لنقل المعرفة: الجمعُ بين الشهادة والتسجيل.

علاوةً على ذلك، تكشف المواقفُ الموصوفةُ عن تلقائية دائمة في رغبة ابن فضلان بتصوير المشهد تلو المشهد، يتم تضمينُ هذه العفوية باستمرار عبر السرد كجزء مما يصفُه، أسئلتُه للترجُمان وللبقية الآخرين، واستعدادهُ للشهادة بنفسه، وأحكامهُ الإسلاميةُ القيّمةُ في الالتقاء بشعوب (غريبة) من الشمال أيضاً تشكل جزءاً من الحكاية، وهكذا فإن وُجود المُراقب يكتسب أهميةً أكبر، ويُصبح العامل الأكثر ملائمة لتسجيل المُلاحظات، أداءُ ابنُ فضلان في القيام بهذه النُقلة جعلته.

في مصاف أسماء الرحالة العظام الذين أنتجتهمُ الثقافةُ الإسلاميةُ، لكن ليس كواحد من العلماء وإنما كمصدر أساسي لمعلومات غير منشورة مسبقاً.

تقاريرُ كمصادر

مُنذُ القرن التاسع الميلادي / الثالث الهجري أبدى العربُ اهتماما بشعوب الشمال، رحالةٌ متنوعون كالدعاة والتجار

والمبعوثين الرسميين، إضافةً إلى الجُغرافيين والمُؤرخين، يجوبُون عبر أراض مُختلفة إلى الشمال من أراض الخلافة الإسلامية بحثاً عن آفاق جديدة، عقودُ أعمال ومعارف، أراضي الإسلام في ذروتها غطت شبه الجزيرة الأيبيرية بأكملها مارة عبر شمال أفريقيا، شبه الجزيرة العربية، بلاد الشام، إيران ،العراق ،ووصلت إلى الشمال الغربي من الهند والحُدود مع القوقاز والغرب الصيني، المدعُو بالمُكون الشمالي وقبل كُل شيء عبر الأراضي الواقعة في أعلى منطقة المراكز الإدارية للخلافة في (بغداد، دمشق)، وبالتالي فهي تنطبق اليوم على المنطقة التي تُعرف باسم شرقي أورُوبا الوُسطى أو أورُوبا الشرقية. ومن بين مجموعة من ثقافات مختلفة أبدو اهتماما نحوها، مجموعةٌ أصبحت مملكة تحت اسم الصقالبة، الترجمةُ الحرفيةُ للكلمة ستكون (السلافيون)، ولكن استخدمت الثقافة الإسلامية ذلك الوقت مصطلح الصقالبة كإشارة مرجعية عامة إلى سُكان شمال أوروبا، وبالتالي تشملُ أيضا الاسكندينافيين والجرمانيين في وقتنا الحاضر، تُستخدم كلمة (السلافيون) في تسمية المجمُوعة العرقية السلافية، مما يحصر مصطلح (الصقالبة) وفق هذا المدلولُ التاريخي، وبالمثل يظهر مصطلحُ (البلغار) بطابع إثنيولوجي، في إشارة إلى قبيلة ذات أصل تركي من (البُلغار) هذا فضلاً عن الإقليم الجغرافي، كإشارة إلى الأصليين من سكان منطقة الفولغا البُلغاريون، وهو اتحاد كونفدرالي شكله الشعبان (ذي العرق التركي، وشعب منطقة الفولغا البلغارية) في أوائل القرن التاسع الميلادي / الثالث الهجري.

من بين بعض أقدم المرجعيات العربية حول شُعوب الشمال، مصدرٌ للمؤرخ الأندلسي ابن حيان القرطبي، الذي

حافظ على أعمال أحمد بن مُحمد الرازي وابنه عيسى، والذي سجل حصارًا في إشبيلية سنة 844 مسيحية / 229 إسلامية، يحتدم بين أسطول من المجوس (عباد النار) و أرذمانيين (إشارةٌ محتملةٌ إلى الشماليين)، والمرجعيةُ الأخرى هو جغرافيٌ فارسيٌ ورئيسُ الديوان العباسي للبريد والتجسس ابن خردازبة في كتابه (المسالكُ والممالكُ) حيثُ يسجلُ شهادته حول رحلة (سلام الترجمان)، سنة 842 مسيحية / 227 إسلامية، وكان قد أُرسل من قبل الخليفة الواثق بالله للتحقيق حول سد ذي القرنين — شخصيةٌ أسطوريةٌ وردت في القُرآن الكريم كانت ستُقيم حاجزًا لاحتواء الغزوات المستمرة التي يمارسها قوما يأجُوج ومأجُوج.

هذه الشخصياتُ بدورها موجُودة في التُراث المسيحي والإسلامي، وفي كلاهُما مرتبطة بدمار الأرض الذي سيسبق يوم الدينونة والحُكم النهائي كما يذكرُ ذلك ابن فضلان حول هذه الشُعوب في رابط المُراسلات بين الملك السلافي وسكان Wīsū — كما كانت تُسمى منطقةُ شمال الفولغا البلغارية — أما حول العملاق المفترض فإن النظرياتُ الأساسيةُ تُجادل بأن هذه الإشارات قد تكون مُضللة حول الشُعوب الحقيقية للسُهوب الآسيوية وسيبيريا القديمة.

في الواقع، بدأ هذا الاهتمامُ يتكاثفُ من القرن العاشر الميلادي / الرابع الهجري فصاعداً، ومن بين أولئك الذين كتبوا بتفصيل أكثر عن شعوبُ الشمال، برز اسمُ الرحالة والجغرافي الفارسي ابن رستة في كتابه (الأعلاقُ النفيسةُ)، المُدون سنة 903 مسيحية / 290 إسلامية،

والمؤرخُ والجغرافيُ المسعودي بخُلاصته : (مروجُ الذهب ومعادنُ الجوهر) سنة 943 مسيحية / 331 إسلامية، كلٌ من أعماهما يتضمنٌ معلومات جُمعت من شهادات المُسافرين والتُجار، والوثائق، والسرد الشعبي، وربما المُلاحظات الخاصة، علاوة على ذلك، يتعاملُ كلاهما مع الشُعوب التي وصفها ابن فضلان كالبُلغاريين، والخزر، والرُوس والسلاف، وهذا يضع كتابُ مبعوثُ المقتدر بالله من بين المصادر الأقدم في منهجيتها على نطاق واسع، وبتسليط الضوء على مقدار اهتمامها بالتفاصيل التي تم الحصولُ عليها مباشرةً، ومع ذلك، سيبقى كتابه مجهولاً لمدة ثلاثة قرون أخرى، حتى يكتشفهُ أحدُ الباحثين.

بين عامي 1224 مسيحية / 617 إسلامية و 1228 مسيحية / 621 إسلامية ، كتب مؤلف سير وجغرافي إسلامي من أصل إغريقي (بيزنطي) يدعى ياقوت الحموي موسوعته الجغرافية (معجم البلدان) سنة 1219مسيحية وبينما كان لا يزالُ يجمعُ موادها سافر إلى مرو الشاهجان المعروفة حالياً بتركمانستان، حيث وجد على الأرجح مخطوطة شهادة ابن فضلان، ويستشهد أحياناً ((برسالة مبعوثُ المقتدر بالله إلى ملك السلافيين، والذي يحتوي على معلومات مسجلة من حين رحيله وحتى عودته إلى بغداد))، هذا هو الدليلُ الأكبرُ على أن المهمة قد اكتملت بنجاح، وأن الشهادة الكاملة تحتوي على جزء واحد على الأقل لوصف عودة الوفد المرافق، يشيرُ ياقوت الحموي إلى نص شهادة ابن فضلان باسم (رسالة)، ويدمجُ مقتطفات طويلة منها في المُعجم الجُغرافي الخاص به، بالتناوبُ مع ملاحظاته ومع بقية الشهادات الأخرى، مع كل ذلك حتى وإن كان

لديه نسخة تامة عن رحلة بن فضلان فإنه لم يبُث جميع محتواها، وما تم الاستشهادُ به نُثر بين الأبواب: خوارزم، خزر، بلغار، باشغرد، إتل، روس، صقلب وويسو .وبهذه الطريقة سيُعرف كتاب ابن فضلان للمرة الأولى وسيكونُ

معجمُ البُلدان أعظم المحافظين عليه والداعيين إليه — في مواضع متناثرة — على مدى القرونُ السبعة التالية.

كل ذلك لم يُعق من إنتاج الأعمال العلمية الشاملة وواسعة النطاق حول رحلة مبعوث الخليفة، سنة 1823 م وخلال عمله كأستاذ للغة العربية والفارسية في جامعة قازان، نشر المؤرخُ الألمانيُ الرُوسيُ كريستيان مارتن فراهن دراسة هامة (ابن فضلان والعديد غيرها من الشهادات العربية حول الروس في العُصور القديمة)، من خلال تحليله لمقاطع من شهادة ابن فضلان والذي أدرجه ياقوت في معجمه، اعترف فراهن بأهمية شهادة ابن فضلان حول تاريخ روسيا وذلك بسبب ما يحتويه من معلومات مرجعية حول الرُوس، هذا الشعب الذي ينحدر من أصول إسكندنافية من السويد قد هاجر بين القرنين التاسع والثالث عشر الميلاديين إلى المنطقة الحدودية الحالية بين روسيا وأوكرانيا وروسيا البيضاء، حيث استقر على ضفاف نهر الفولغا، وأصبحت إحدى مُستوطناته الرئيسية مدينةُ كييف الحالية، ولعبت دوراً هاماً في ظهور ما يُمكن أن يُصبح روسيا في العصور الوسطى.

لكن اللحظة الحاسمة لتاريخ هذا الكتاب ستصلُ إلى الألفية بعيد الرحلة الاستكشافية، سنة 1923 م، اكتشف

المؤرخُ التركيُ زكي وليدي طوقان (طوكان) مجموعةً من مخطوطات القرن الثالث عشر الميلادي / القرن السابع الهجري، محفوظةً اليوم في المكتبة المركزية (آستان قدس رضوي) في مدينة مشهد الإيرانية ومعنونة بـ: المخطوط 5229، في تلك المجموعة ذات الـ420 صفحة هناك أربعة كتب من القرن العاشر الميلادي / الرابع الهجري، الجزءُ الأولُ من أخبار البلدان للمؤرخ والجغرافي الفارسي ابن الفقيه الحمداني، رسالتين للشاعر الرحال أبي دُلف مسعرُ بن المُهلهل، وشهادةُ ابن فضلان، ومع ذلك فإنها لا تبدو النسخة ذاتها التي اقتناها ياقوت الحموي، لأنها تنقطعُ بشكل مفاجئ بعد أربعة أسطر فقط لتُحيلٍ إلى الخزر، نشر طوقان (طوكان) أول تحقيق للرسالة مترجماً إلى اللغة الألمانية سنة 1939 م.

الأصداءُ الأخيرةُ

الأصداءُ الأكثرُ ذيوعاً هي الروايةُ التاريخيةُ (أكلة الموتى)، للكاتب والسناريست ومُخرج ومُنتج الأفلام الأمريكي جون مايكل كريشتون ، نُشرت في آذار/ مارس 1976 م، يعتمدُ الكتابُ على استلهامات مباشرة من شهادة البطل أحمد بن فضلان، ومشهد الحرق المأتمي لجثث الفايكنج، و يضمُ إليهم عناصر من ألف ليلة وليلة ومن الملحمة الأنجلو ساكسونية بيولف، سنة 1999م، تم تهيئته للعمل السينمائي المحاربُ الثالثُ عشر، من إخراج جون ماكتيران، وأنطونيو بانديراس بدور ابن فضلان وبمُشاركة من أيقونة السينما المصرية عُمر الشريف.

في عام 2007 م، بث التلفزيونُ السوريُ مسلسلاً رمضانياً خاصاً بعُنوان (سقفُ العالم)، مدفوعاً بسبب

نشر الرسومُ المثيرة للجدل حول شخصية الرسول محمد في الصحيفة الدنماركية (يولاندس بوستن) عام 2005 م، المسلسلُ من ثلاثين حلقة يجمعُ سردُه المتناوبُ بين اللحظة التاريخية للرحلة إلى الفولغا وبين الحاضر، ومن إخراج نجدة إسماعيل أنزور وبطولة قيس الشيخ نجيب في دور أحمد بن فضلان، ويُنشأ موازنةً عبر موضوعات حداثية كالحضارة والصدمة والإرهاب.

حول هذه الترجمة

تُرجم النصُ المعروضُ هنا مباشرة عن اللغة العربية، وعلى حد علمنا فإنه الإصدارُ الأولُ والكاملُ باللغة البرتغالية لرحلة ابن فضلان لأن هناك ما لا يقلُ عن إصدارين مُتداولين باللغة العربية — إصداران لنسختين قبل اكتشاف طوقان للمخطوط وبعده -، من الشائع أن تستخدم الإصداراتُ الحاليةُ أجزاءً من مقاطع الكتاب الواردة في معجم البلدان — لتُكمل النص بعد انقطاعه عند ذكر الخزر، لسوء الحظ، يبدو أنه من غير الممكن إعادةُ بناء الشهادة كاملةً لغاية عودة البعثة إلى بغداد، خصوصاً بسبب ندرة المواد، لهذا حافظت هذه الترجمة على الزيادة المُقترحة من الطبعة العربية المُستخدمة، وبما أن النص الأصلي عبارةٌ عن نص غير منقطع فقد تمت إضافةُ عناوين فرعية تهدُفُ إلى إظهار تشكيلة متنوعة من المواضيع والتي تم معالجتها عند منهجة القراءة.

تُرجمت أسماءُ الأماكن والأشخاص وفقاً للنظام المُقترح من قبل صفاء أبو شهلا جبران فيما يتعلق بالأحرف اللاتينية المُوحدة لمُصطلحات اللغة العربية

في نصوص اللغة البُرتغالية، وقد سبق أن نُشرت في مجلة طراز (جامعةُ ساو باولو، 2004 م).

أدبُ الرحلات العربي، يزيدُ عن كونه نوعاً أدبياً، فهو وسيلةٌ تسمحُ للوصول إلى حقائق لا تعرفُها ثقافاتُنا الغربيةُ، سواءً أكانت تاريخيةً أو جغرافيةً أو أدبيةً، ولديهمُ الكثير ليضيفُوه إلينا، إن شهادة.

ابن فضلان فريدةٌ في بابها وموضُوعها ومن المُؤكد أن توغُلها هو القالبُ الأفضلُ للتثبت من الميزات التي تقدمُها.

بيدرو مارتينس كريادو: يحملُ درجة البكالوريوس باللغتين العربية والبُرتغالية من كلية الآداب في جامعة ساو باولو (FFLCH-USP) وماجستير في الترجمة والتاريخ العربي وأدب الرحلات، درس اللغة العربية واللهجة المصرية الكلاسيكية في المعهد الفرنسي بالقاهرة، يعملُ كمُترجم ومُعلم.

هذا كتاب أحمد بن فضلان بن العبّاس بن راشد بن حمّاد
مولى محمد بن سليمان رسول المقتدر الى ملك الصقالبة

يذكر فيه ما شاهد في بلد الترك والخزر والروس
والصقالبة والباشغرد وغيره من اختلاف مذاهبهم
وأخبار ملوكهم وأحوالهم في كثير من أمورهم

بِسْمِ ٱللهِ ٱلرَّحْمٰنِ ٱلرَّحِيْم

قال أحمد بن فضلان :

لما وصل كتاب ألمش بن يلطوار ملك الصقالبة إلى أمير المؤمنين المقتدر يسأله فيه البعثة إليه ممن يفقهه في الدين ويعرفه شرائع الإسلام ويبني له مسجدا وينصب له منبرا ليقيم عليه الدعوة له في بلده وجميع مملكته ويسأله بناء حصن يتحصن فيه من الملوك المخالفين له فأجيب إلى ما سأل من ذلك.

وكان السفير له نذير الحرمي فندبت أنا لقراءة الكتاب عليه وتسليم ما أهدى إليه والإشراف على الفقهاء والمعلمين وسبب له بالمال المحمول إليه لبناء ما ذكرناه وللجراية على الفقهاء والمعلمين على الضيعة المعروفة بأرثخشمثين من أرض خوارزم من ضياع ابن الفرات.

وكان الرسول إلى المقتدر من صاحب الصقالبة رجل يقال له عبد الله بن باشتو الخزري والرسول من جهة السلطان سوسن الرسي مولى نذير الحرمي وتكين التركي وبارس الصقلابي وأنا معهم على ما ذكرت فسلمت إليه الهدايا له ولامرأته ولأولاده واخوته وقواده وأدوية كان كتب إلى نذير يطلبها.

العجم والأتراك

فرحلنا من مدينة السلام يوم الخميس لأحدى عشرة ليلة خلت من صفر سنة تسع وثلاثمئة فأقمنا بالنهروان يوماً واحداً ورحلنا مجدين حتى وافينا الدسكرة فأقمنا بها ثلاثة أيام ثم رحلنا قاصدين لا نلوي على شيء حتى صرنا إلى حلوان فأقمنا بها يومين.

وسرنا منها إلى قرميسين فأقمنا بها يومين ثم رحلنا فسرنا حتى وصلنا إلى همذان فأقمنا بها ثلاثة أيام.

ثم سرنا حتى قدمنا ساوة فأقمنا بها يومين ومنها إلى الري فأقمنا بها أحد عشر يوماً ننتظر أحمد ابن علي أخا صعلوك لأنه كان بخوار الري. ثم رحلنا إلى خوار الري فأقمنا بها ثلاثة أيام ثم رحلنا إلى سمنان ثم منها إلى الدامغان صادفنا بها ابن قارن من قبل الداعي فتنكرنا في القافلة

وسرنا مجدين حتى قدمنا نيسابور وقد قتل ليلى بن نعمان فأصبنا بها حمويه كوسا صاحب جيش خراسان.

ثم رحلنا إلى سرخس ثم منها إلى مرو ثم منها إلى قشمهان وهي طرف مفازة آمل فأقمنا بها ثلاثة أيام نريح الجمال لدخول المفازة. ثم قطعنا المفازة إلى آمل ثم عبرنا جيحون وصرنا إلى آفرير رباط طاهر بن علي.

ثم رحلنا إلى بيكند ثم دخلنا بخارى وصرنا إلى الجيهاني وهو كاتب أمير خراسان وهو يدعى بخراسان الشيخ العميد فتقدم بأخذ دار لنا وأقام لنا رجلاً يقضي حوائجنا ويزيح عللنا في كل ما نريد فأقمنا أياماً.

ثم استأذن لنا على نصر بن أحمد فدخلنا إليه وهو غلام أمرد فسلمنا عليه بالإمرة وأمرنا بالجلوس فكان أول ما بدأنا به أن قال: كيف خلفتم مولاي أمير المؤمنين أطال الله بقاءه وسلامته في نفسه وفتيانه وأوليائه فقلنا: بخير قال: زاده الله خيراً.

ثم قرئ الكتاب عليه بتسلم أرثخشمثين من الفضل بن موسى النصراني وكيل ابن الفرات وتسليمها إلى أحمد بن موسى الخوارزمي وإنفاذنا والكتاب إلى صاحبه بخوارزم بترك العرض لنا والكتاب بباب الترك ببذرقتنا وترك العرض لنا.

فقال: وأين أحمد بن موسى فقلنا: خلفناه بمدينة السلام ليخرج خلفنا لخمسة أيام فقال: سمعاً وطاعة لما أمر به مولاي أمير المؤمنين أطال الله بقاءه. قال: واتصل الخبر

بالفضل بن موسى النصراني وكيل ابن الفرات فأعمل الحيلة في أمر أحمد بن موسى وكتب إلى عمال المعاون بطريق خراسان من جند سرخس إلى بيكند: أن أذكوا العيون على أحمد بن موسى الخوارزمي في الخانات والمراصد وهو رجل من صفته ونعته فمن ظفر به فليعتقله إلى أن يرد عليه كتابنا بالمسألة فأخذ بمرو وأعتقل.

وأقمنا نحن ببخارا ثمانية وعشرين يوماً وقد كان الفضل بن موسى أيضاً واطأ عبد الله بن باشتو وغيره من أصحابنا يقولون: إن أقمنا هجم الشتاء وفاتنا الدخول وأحمد بن موسى إذا وافانا لحق بنا.

قال: ورأيت الدراهم ببخارا ألواناً شتى منها دراهم يقال لها الغطريفية: وهي نحاس وشبه وصفر يؤخذ منها عدد بلا وزن مئة منها بدرهم فضة وإذا شروطهم في مهور نسائهم: تزوج فلان ابن فلان فلانة بنت فلان على كذا وكذا ألف درهم غطريفية وكذلك أيضاً شراء عقارهم وشراء عبيدهم لا يذكرون غيرها من الدراهم ولهم دراهم أخر صفر وحده أربعون منها بدانق ولهم أيضاً دراهم صفر يقال لها السمرقندية ستة منها بدانق.

فلما سمعت كلام عبد الله بن باشتو وكلام غيره يحذرونني من هجوم الشتاء رحلنا من بخارا راجعين إلى النهر فتكارينا سفينة إلى خوارزم والمسافة إليها من الموضع الذي اكترينا منه السفينة أكثر من مئتي فرسخ فكنا نسير بعض النهار ولا يستوي لنا سيره كله من البرد وشدته إلى أن قدمنا خوارزم فدخلنا على أميرها محمد ابن عراق خوارزم

شاه فأكرمنا وقربنا وأنزلنا داراً فلما كان بعد ثلاثة أيام أحضرنا وناظرنا في الدخول إلى بلد الترك وقال: لا آذن لكم في ذلك ولا يحل إلي ترككم تغررون بدمائكم وأنا أعلم أنها حيلة أوقعها هذا الغلام يعني تكين لأنه كان عندنا حداداً وقد وقف على بيع الحديد ببلد الكفار وهو الذي غر نذيرا وحمله على كلام أمير المؤمنين وإيصال كتاب ملك الصقالبة إليه والأمير الأجل يعني أمير خراسان كان أحق بإقامة الدعوة لأمير المؤمنين في ذلك البلد لو وجد محيصاً ومن بعد فبينكم وبين هذا البلد الذي تذكرون ألف قبيلة من الكفار وهذا تمويه على السلطان وقد نصحتكم.

ولا بد من الكتاب إلى الأمير الأجل حتى يراجع السلطان أيده الله في المكاتبة وتقيمون أنتم إلى وقت يعود الجواب فانصرفنا عنه ذلك اليوم ثم عاودناه ولم نزل نرفق به ونقول: هذا أمر أمير المؤمنين وكتابه فما وجه المراجعة فيه حتى أذن لنا فانحدرنا من خوارزم إلى الجرجانية وبينها وبين خوارزم في الماء خمسون فرسخاً.

ورأيت دراهم خوارزم مزيفة ورصاصاً وزيوفاً وصفراً ويسمون الدرهم طازجة ووزنه أربعة دوانيق ونصف والصيرفي منهم يبيع الكعاب والدوامات والدراهم. وهم أوحش الناس كلاماً وطبعاً كلامهم أشبه شيء بصياح الزرازير وبها قرية على يوم يقال لها أردكو أهلها يقال لهم الكردلية كلامهم أشبه شيء بنقيق الضفادع وهم يتبرؤون من أمير المؤمنين علي بن أبي طالب رضي الله عنه في دبر كل صلاة.

فأقمنا بالجرجانية أياماً وجمد نهر جيحون من أوله إلى آخره وكان سمك الجمد سبعة عشر شبراً وكانت الخيل والبغال والحمير والعجل تجتاز عليه كما تجتاز على الطرق وهو ثابت لا يتخلخل فأقام على ذلك ثلاثة أشهر.

فرأينا بلداً ما ظننا إلا أن باباً من الزمهرير قد فتح علينا منه ولا يسقط فيه الثلج إلا ومعه ريح عاصف شديدة وإذا أتحف الرجل من أهله صاحبه وأراد بره قال له: تعال إلي حتى نتحدث فإن عندي ناراً طيبة هذا إذا بالغ في بره وصلته إلا أن الله تعالى قد لطف بهم في الحطب أرخصه عليهم: حمل عجلة من حطب الطاغ بدرهمين من دراهمهم تكون زهاء ثلاثة آلاف رطل.

ورسم سؤالهم أن لا يقف السائل على الباب بل يدخل إلى دار الواحد منهم فيقعد ساعة عند ناره يصطلي ثم يقول: بكند يعني الخبز فإن أعطوه شيئاً أخذ وإلا خرج.

وتطاول مقامنا بالجرجانية وذلك أنا أقمنا بها أياماً من رجب وشعبان وشهر رمضان وشوال وكان طول مقامنا من جهة البرد وشدته ولقد بلغني أن رجلين ساقا اثني عشر جملاً ليحملا عليها حطباً من بعض الغياض فنسيا أن يأخذا معهما قداحة وحراقة وأنهما باتا بغير نار فأصبحا والجمال موتى لشدة البرد. ولقد رأيت لهواء بردها بأن السوق بها والشوارع لتخلو حتى يطوف الإنسان أكثر الشوارع والأسواق فلا يجد أحداً ولا يستقبله إنسان ولقد كنت أخرج من الحمام فإذا دخلت إلى البيت نظرت إلى لحيتي وهي قطعة واحدة من الثلج حتى كنت أدنيها إلى النار.

ولقد كنت أنام في بيت جوف بيت وفيه قبة لبود تركية وأنا مدثر بالأكسية والفرى فربما التصق خدي على المخدة ولقد رأيت الجباب بها تكسي البوستينات من جلود الغنم لئلا تتشقق وتنكسر فلا يغني ذلك شيئاً.

ولقد رأيت الأرض تنشق فيها أودية عظام لشدة البرد وأن الشجرة العظيمة العادية لتنفلق بنصفين لذلك

فلما انتصف شوال من سنة تسع وثلاثمئة أخذ الزمان في التغير وانحل نهر جيحون وأخذنا نحن فيما نحتاج إليه من آلة السفر واشترينا الجمال التركية واستعملنا السفر من جلود الجمال لعبور الأنهار التي نحتاج أن نعبرها في بلد الترك وتزودنا الخبز والجاورس والنمكسوذ لثلاثة أشهر.

وأمرنا من كنا نأنس به من أهل البلد بالاستظهار في الثياب والاستكثار منها وهولوا علينا الأمر وعظموا القصة فلما شاهدنا ذلك كان أضعاف ما وصف لنا فكان كل رجل منا عليه قرطق وفوقه خفتان وفوقه بوستين وفوقه لبادة وبرنس لا تبدو منه إلا عيناه وسراويل طاق وآخر مبطن وران وخف كيمخت وفوق الخف خف آخر فكان الواحد منا إذا ركب الجمل لم يقدر أن يتحرك لما عليه من الثياب وتأخر عنا الفقيه والمعلم والغلمان الذين خرجوا معنا من مدينة السلام فزعا من الدخول إلى ذلك البلد وسرت أنا والرسول وسلف له والغلامان تكين وبارس.

فلما كان في اليوم الذي عزمنا فيه على المسير قلت: هم يا قوم معكم غلام الملك وقد وقف على أمركم كله ومعكم كتب السلطان ولا أشك أن فيها ذكر توجيه أربعة آلاف دينار المسيبية له

وتصيرون إلى ملك أعجمي فيطالبكم بذلك فقالوا: لا تخش من هذا فإنه غير مطالب لنا فحذرتهم وقلت: أنا أعلم أنه يطالبكم فلم يقبلوا. واستدف أمر القافلة واكترينا دليلاً يقال له قلواس من أهل الجرجانية ثم توكلنا على الله عز وجل وفوضنا أمرنا إليه

ورحلنا من الجرجانية يوم الاثنين لليلتين خلتا من ذي القعدة سنة تسع وثلاثمئة فنزلنا رباطاً يقال له زمجان وهو بباب الترك ثم رحلنا من الغد فنزلنا منزلاً يقال له جيت وجاءنا الثلج حتى مشت الجمال إلى ركبها فيه فأقمنا بهذا المنزل يومين.

ثم أوغلنا في بلد الترك لا نلوي على شيء ولا يلقانا أحد في برية قفر بغير جبل فسرنا فيها عشرة أيام ولقد لقينا من الضر والجهد والبرد الشديد وتواصل الثلوج الذي كان برد خوارزم عنده مثل أيام الصيف ونسينا كل ما مر بنا وأشرفنا على تلف الأنفس.

ولقد أصابنا في بعض الأيام برد شديد وكان تكين يسايرني وإلى جانبه رجل من الأتراك يكلمه بالتركية فضحك تكين وقال: إن هذا التركي يقول: لك أي شيء يريد ربنا منا هو ذا يقتلنا بالبرد ولو علمنا ما يريد لرفعناه إليه فقلت له: قل له يريد منكم أن تقولوا لا إله إلا الله فضحك وقال: لو علمنا لفعلنا

ثم صرنا بعد ذلك إلى موضع فيه من حطب الطاغ شيء عظيم فنزلناه وأوقدت القافلة واصطلوا ونزعوا ثيابهم وشرورها.

ثم رحلنا فما زلنا نسير في كل ليلة من نصف الليل إلى وقت العصر أو إلى الظهر بأشد سير يكون وأعظمه ثم ننزل

فلما سرنا خمس عشرة ليلة وصلنا إلى جبل عظيم كثير الحجارة وفيه عيون تنجرف عبره وبالحفرة تستقر الماء.

فلما قطعناه أفضينا إلى قبيلة من الأتراك يعرفون بالغزية وإذا هم بادية لهم بيوت شعر يحلون ويرتحلون ترى منهم الأبيات في كل مكان ومثلها في مكان آخر على عمل البادية وتنقلهم وإذا هم في شقاء وهم مع ذلك كالحمير الضالة لا يدينون لله بدين ولا يرجعون إلى عقل ولا يعبدون شيئاً بل يسمون كبراءهم أرباباً فإذا استشار أحدهم رئيسه في شيء قال له: يا رب إيش أعمل في كذا وكذا وأمرهم شورى بينهم غير أنهم متى اتفقوا على شيء وعزموا عليه جاء أرذلهم وأخسهم فنقض ما قد أجمعوا عليه.

وسمعتهم يقولون: لا إله إلا الله محمد رسول الله تقرباً بهذا القول إلى من يجتاز بهم من المسلمين لا اعتقاداً لذلك وإذا ظلم أحد منهم أو جرى عليه أمر يكرهه رفع رأسه إلى السماء وقال: بير تنكري وهو بالتركية الله الواحد لأن بير بالتركية واحد وتنكري: الله بلغة الترك. ولا يستنجون من غائط ولا بول ولا يغتسلون من جنابة ولا غير ذلك وليس بينهم وبين الماء عمل خاصة في الشتاء

ولا يستتر نساؤهم من رجالهم ولا من غيرهم كذلك لا تستر المرأة شيئاً من بدنها عن أحد من الناس.

ولقد نزلنا يوماً على رجل منهم فجلسنا وامرأة الرجل معنا فبينا هي تحدثنا إذ كشفت فرجها وحكته ونحن ننظر إليها فسترنا وجوهنا وقلنا: أستغفر الله فضحك زوجها

وقال للترجمان: قل لهم تكشفه بحضرتكم فترونه وتصونه فلا يوصل إليه هو خير من أن تغطيه وتمكن منه

وليس يعرفون الزنا ومن ظهروا منه على شيء من فعله شقوه بنصفين وذلك أنهم يجمعون بين أغصان شجرتين ثم يشدونه بالأغصان ويرسلون الشجرتين فينشق الذي شد إليهما.

وقال بعضهم وسمعني أقرا قرآناً فاستحسن القرآن وأقبل يقول للترجمان قل له: لا تسكت وقال لي هذا الرجل يوماً على لسان الترجمان: قل لهذا العربي: ألربنا عز وجل امرأة فاستعظمت ذلك وسبحت الله واستغفرته فسبح واستغفر كما فعلت وكذلك رسم التركي كلما سمع المسلم يسبح ويهلل قال مثله.

ورسوم تزويجهم وهو أن يخطب الواحد منهم إلى الآخر بعض حرمه: إما ابنته أو أخته أو بعض من يملك أمره على كذا وكذا ثوب خوارزمي فإذا وافقه حملها إليه وربما كان المهر جمالاً أو دواب أو غير ذلك وليس يصل الواحد إلى امرأته حتى يوفي الصداق الذي قد وافق وليها عليه فإذا وفاه إياه جاء غير محتشم حتى يدخل إلى المنزل الذي هي فيه فيأخذها بحضرة أبيها وأمها وإخوتها فلا يمنعونه من ذلك.

وإذا مات الرجل وله زوجة وأولاد تزوج الأكبر من ولده بامرأته إذا لم تكن أمه ولا يقدر أحد من التجار ولا غيرهم أن يغتسل من جنابة بحضرتهم إلا ليلا من حيث لا يرونه وذلك أنهم يغضبون ويقولون: هذا يريد أن يسحرنا لأنه قد تفرس في الماء ويغرمونه مالا.

ولا يقدر أحد من المسلمين أن يجتاز ببلدهم حتى يجعل له منهم صديقاً ينزل عليه ويحمل له من بلد الإسلام ثوباً ولامرأته مقنعة وشيئاً من فلفل وجاورس وزبيب وجوز فإذا قدم على صديقه ضرب له قبة وحمل إليه من الغنم على قدره حتى يتولى المسلم ذبحها لأن الترك لا يذبحون وإنما يضرب الواحد منهم رأس الشاة حتى تموت.

وإذا أراد الرجل منهم الرحيل وقد قام عليه شيء من جماله ودوابه أو احتاج إلى مال ترك ما قد قام عند صديقه التركي وأخذ من جماله ودوابه وماله حاجته ورحل فإذا عاد من الوجه الذي يقصده قضاه ماله ورد إليه جماله ودوابه.

وكذلك لو اجتاز بالتركي إنسان لا يعرفه ثم قال: أنا ضيفك وأنا أريد من جمالك ودوابك ودراهمك دفع إليه ما يريد فإن مات التاجر في وجهه ذلك وعادت القافلة لقيهم التركي وقال: أين ضيفي فإن قالوا: مات حط القافلة ثم جاء إلى أنبل تاجر يراه فيهم فحل متاعه وهو ينظر فأخذ من دراهمه مثل ماله عند ذلك التاجر بغير زيادة حبة وكذلك يأخذ من دوابه وجماله وقال: ذلك ابن عمك وأنت أحق من غرم عنه وإن فر فعل أيضاً ذلك الفعل وقال له ذلك مسلم مثلك خذ أنت منه وإن لم يوافق المسلم ضيفه في الجادة سأل عن بلاده: أين هو فإذا أرشد إليه سار في طلبه مسيرة أيام حتى يصير إليه ويرفع ماله عنده وكذلك ما يهديه له.

وهذه أيضاً سبيل التركي إذا دخل الجرجانية سأل عن ضيفه فنزل عليه حتى يرتحل ومتى مات التركي عند صديقه المسلم واجتازت القافلة وفيها صديقه قتلوه

وقالوا: أنت قتلته بحبسك إياه ولو لم تحبسه لما مات وكذلك إن سقاه نبيذا فتردى من حائط قتلوه به فإن لم يكن في القافلة عمدوا إلى أجل من فيها فقتلوه.

وأمر اللواط عندهم عظيم جداً ولقد نزل على حي كوذركين وهو خليفة ملك الترك رجل من أهل خوارزم فأقام عند ضيف له مدة في ابتياع غنم وكان للتركي ابن أمرد فلم يزل الخوارزمي يداريه ويراوده عن نفسه حتى طاوعه على ما أراد وجاء التركي فوجدهما في بنيانهما فرفع التركي ذلك إلى كوذركي فقال له: اجمع الترك فجمعهم فلما اجتمعوا قال للتركي: بالحق تحب أن أحكم أم بالباطل قال: بالحق قال: أحضر ابنك فأحضره فقال: يجب عليه وعلى التاجر أن يقتلا جميعاً فامتعض التركي من ذلك وقال: لا أسلم ابني فقال: فيفتدي التاجر نفسه ففعل ودفع للتركي غنماً للفعل بابنه ودفع إلى كوذركين أربعمئة شاة لما رفع عنه وارتحل عن بلد الترك

فأول من لقينا من ملوكهم ورؤسائهم ينال الصغير وقد كان أسلم فقيل له: إن أسلمت لم ترؤسنا فرجع عن إسلامه فلما وصلنا إلى الموضع الذي هو فيه قال: لا أترككم تجوزون لأن هذا شيء ما سمعنا به قط ولا ظننا أنه يكون فرفقنا به إلى أن رضي بخفتان جرجاني يساوي عشرة دراهم وشقة باي باف وأقراص خبز وكف زبيب ومئة جوزة فلما دفعنا هذا إليه سجد لنا وهذا رسمهم إذا أكرم الرجل الرجل سجد له وقال: لولا أن بيوتي نائية عن الطريق لحملت إليكم غنما وبرا وانصرف عنا وارتحلنا.

فلما كان من غد لقينا رجل واحد من الأتراك دميم الخلقة رث الثياب قميء المنظر خسيس المخبر وقد أخذنا

مطر شديد فقال: قفوا فوقفت القافلة بأسرها وهي نحو ثلاثة آلاف دابة وخمسة آلاف رجل ثم قال: ليس يجوز منكم أحد فوقفنا طاعة لأمره فقلنا له: نحن أصدقاء كوذركين فأقبل يضحك ويقول: من كوذركين أنا أخرى على لحية كوذركين ثم قال: بكند يعني الخبز بلغة خوارزم فدفعت إليه أقراصاً فأخذها وقال مروا قد رحمتكم.

قال: وإذا مرض الرجل منهم وكان له جوارٍ وعبيد خدموه ولم يقربه أحد من أهل بيته ويضربون له خيمة ناحية من البيوت فلا يزال فيها إلى أن يموت أو يبرأ وإن كان عبداً أو فقيراً رموا به في الصحراء وارتحلوا عنه.

وإذا مات الرجل منهم حفروا له حفيرة كبيرة كهيئة البيت وعمدوا إليه فألبسوه قرطقة ومنطقته وقوسه وجعلوا في يده قدحاً من خشب فيه نبيذ وتركوا بين يديه إناء من خشب فيه نبيذ وجاءوا بكل ماله فجعلوه معه في ذلك البيت ثم أجلسوه فيه فسقفوا البيت عليه وجعلوا فوقه مثل القبة من الطين وعمدوا إلى دوابه على قدر كثرتها فقتلوا منها مئة رأس إلى مئتي رأس إلى رأس واحد وأكلوا لحومها إلا الرأس والقوائم والجلد والذنب فإنهم يصلبون ذلك على الخشب وقالوا: هذه دوابه يركبها إلى الجنة فإن كان قتل إنساناً وكان شجاعاً نحتوا صوراً من خشب على عدد من قتل وجعلوها على قبره وقالوا: هؤلاء غلمانه يخدمونه في الجنة.

وربما تغافلوا على قتل الدواب يوماً أو يومين فيحثهم شيخ من كبارهم فيقول: رأيت فلاناً يعني الميت في النوم فقال لي: هو ذا تراني وقد سبقني أصحابي وشققت رجلاي من أتباعي

هم ولست ألحقهم وقد بقيت وحدي فعندها يعمدون إلى دوابه فيقتلوها ويصلبونها عند قبره فإذا كان بعد يوم أو يومين جاءهم ذلك الشيخ وقال: قد رأيت فلاناً وقال: عرف أهلي وأصحابي أني قد لحقت من تقدمني واسترحت من التعب.

قال: والترك كلهم ينتفون لحاهم إلا أسبلتهم وربما رأيت الشيخ الهرم منهم وقد نتف لحيته وترك شيئاً منها تحت ذقنه وعليه البوستين فإذا رآه إنسان من بعد لم يشك أنه تيس.

وملك الترك الغزية يقال له يبغو وهو اسم الأمير وكل من ملك هذه القبيلة فبهذا الاسم يسمى ويقال لخليفته كوذركين وكذا كل من يخلف رئيساً منهم يقال له: كوذركين ثم نزلنا بعد ارتحالنا من ناحية هؤلاء بصاحب جيشهم ويقال له: أترك بن القطغان فضرب لنا قباباً تركية وأنزلنا فيها وإذا له ضبنة وحاشية وبيوت كبيرة وساق إلينا غنماً وقاد دواب لنذبح الغنم ونركب الدواب ودعا هو جماعة من أهل بيته وبني عمه فقتل لهم غنماً كثيرة وكنا قد أهدينا إليه هدية من ثياب وزبيب وجوز وفلفل وجاورس.

فرأيت امرأته وقد كانت امرأة أبيه وقد أخذت لحماً ولبناً وشيئاً مما أتحفناه به وخرجت من البيوت إلى الصحراء فحفرت حفيرة ودفنت الذي كان معها فيها وتكلمت بكلام فقلت للترجمان: ما تقول قال: تقول هذه هدية للقطغان أبي الترك أهداها له العرب فلما كان في الليل دخلت أنا والترجمان إليه وهو في قبته جالس ومعنا كتاب نذير الحرمي إليه يأمره فيه بالإسلام ويحضه عليه ووجه إليه خمسين ديناراً فيها عدة دنانير مسيبية وثلاثة مثاقيل مسك وجلود أديم وثياب مروية

وقطعنا له منها قرطقين وخف أديم وثوب ديباج وخمسة أثواب حرير فدفعنا إليه هديته ودفعنا إلى امرأته مقنعة وخاتما.

وقرأت عليه الكتاب فقال للترجمان: لست أقول لكم شيئاً حتى ترجعوا وأكتب إلى السلطان بما أنا عازم عليه ونزع الديباجة التي كانت عليه ليلبس الخلع التي ذكرنا فرأيت القرطق الذي تحتها وقد تقطع وسخاً لأن رسومهم أن لا ينزع الواحد منهم الثوب الذي يلي جسده حتى ينتثر قطعاً وإذا هو قد نتف لحيته كلها وسباله فبقي كالخادم ورأيت الترك يذكرون أنه أفرسهم.

ولقد رأيت يوماً وهو يسايرنا على فرسه إذ مرت وزة طائرة فأوتر قوسه وحرك دابته تحتها ثم رماها فإذا هو قد أنزلها.

فلما كان في بعض الأيام وجه خلف القواد الذين يلونه وهم: طرخان وينال وابن أخيهما وإيلغز وكان طرخان أنبلهم وأجلهم وكان أعرج أعمى أشل فقال هم: إن هؤلاء رسل ملك العرب إلى صهري ألمش بن شلكي ولم يخير لي أن أطلقهم إلا عن مشورتكم فقال طرخان: هذا شيء ما رأيناه قط ولا سمعنا به ولا اجتاز بنا رسول سلطان مذ كنا نحن وآباؤنا وما أظن إلا أن السلطان قد أعمل الحيلة ووجه هؤلاء إلى الخزر ليستجيش بهم علينا والوجه أن يقطع هؤلاء الرسل نصفين ونأخذ ما معهم.

وقال آخر منهم: لا بل نأخذ ما معهم ونتركهم عراة يرجعون من حيث جاءوا وقال آخر: لا ولكن لنا عند ملك الخزر أسراء فنبعث بهؤلاء نفادي بهم أولئك فما زالوا يتراجعون بينهم هذه الأشياء سبعة أيام ونحن في حالة الموت حتى أجمع رأيهم على أن

يخلوا سبيلنا ونمضي فخلعنا على طرخان خفتاناً مروياً وشقتين باي باف وعلى أصحابه كل واحد قرطقاً وكذلك على ينال ودفعنا إليهم فلفلاً وجاورس وأقراصاً من خبز وانصرفوا عنا.

ورحلنا حتى صرنا إلى نهر يغندي فأخرج الناس سفرهم وهي من جلود الجمال فبسطوها وأخذوا بالأثاث من الجمال التركية لأنها مدورة فجعلوها في جوفها حتى تمتد ثم حشوها بالثياب والمتاع فإذا امتلأت جلس في كل سفرة جماعة من خمسة وستة وأربعة وأقل وأكثر ويأخذون بأيديهم خشب الخدنك فيجعلونه كالمجاديف ولا يزالون يجدفون والماء يحملها وهي تدور حتى نعبر فأما الدواب والجمال فإنه يصاح بها فتعبر سباحة ولا بد أن تعبر جماعة من المقاتلة ومعهم السلاح قبل أن يعبر شيء من القافلة ليكونوا طليعة للناس خيفة من الباشغرد أن يكبسوا الناس وهم يعبرون.

فعبرنا يغندي على هذه الصفة التي ذكرنا ثم عبرنا بعد ذلك نهراً يقال له جام في السفر أيضاً ثم عبرنا جاخش ثم أذل ثم أردن ثم وارش ثم أختي ثم وتبا وهذه كلها أنهار كبار.

ثم صرنا بعد ذلك إلى البنجاك وإذا هم نزول على ماء شبيه بالبحر غير جار وإذا هم سمر شديدو السمرة وإذا هم محلقوا اللحى فقراء خلاف الغزية لأني رأيت من الغزية من يملك عشرة آلاف دابة ومئة ألف رأس من الغنم وأكثر ما ترعى من الغنم ما بين الثلج تبحث بأظلافها تطلب الحشيش فإذا لم تجده قضمت الثلج فسمنت غاية السمن فإذا كان الصيف وأكلت الحشيش هزلت فنزلنا على البجناك يوما واحداً ثم ارتحلنا فنزلنا على نهر

جيخ وهو أكبر نهر رأيناه وأعظمه وأشده جرية ولقد رأيت سفرةً انقلبت فيه فغرق من كان فيها وذهبت رجال كثير من الناس وغرقت عدة جمال ودواب ولم نعبره إلا بجهد. ثم سرنا أياماً وعبرنا نهر جاخا ثم بعده نهر أرخز ثم باجاغ ثم سمور ثم كنال ثم نهر سوخ ثم نهر كنجلو.

ووقفنا في بلد قوم من الأتراك يقال لهم الباشغرد فحذرناهم أشد الحذر وذلك أنهم شر الأتراك وأقذرهم وأشدهم إقداماً على القتل يلقى الرجل الرجل فيفرز هامته ويأخذها ويتركه وهم يحلقون لحاهم ويأكلون القمل يتتبع الواحد منهم درز قرطقة فيقرض القمل بأسنانه ولقد كان معنا منهم واحد قد أسلم وكان يخدمنا فرأيته وجد قملة في ثوبه فقصعها بظفره ثم لحسها وقال لما رآني: جيد.

وكل واحد منهم ينحت خشبة على قدر الإحليل ويعلقها عليه فإذا أراد سفراً أو لقاء عدو قبلها وسجد لها وقال: يا رب افعل بي كذا وكذا فقلت للترجمان: سل بعضهم ما حجتهم في هذا ولم جعله ربه قال: لأني خرجت من مثله فلست أعرف لنفسي خالقاً غيره.

ومنهم من يزعم أن له أثني عشر ربا: للشتاء رب وللصيف رب وللمطر رب وللريح رب وللشجر رب وللناس رب وللدواب رب وللماء رب ولليل رب وللنهار رب وللموت رب وللأرض رب والرب الذي في السماء أكبرهم إلا أنه يجتمع مع هؤلاء باتفاق ويرضى كل واحد منهم بما يعمل شريكه تعالى الله عما يقول الظالمون علوا كبيراً.

ورأينا طائفة منهم تعبد الحيات وطائفة تعبد السمك وطائفة تعبد الكراكي فعرفوني أنهم كانوا يحاربون قوماً من أعدائهم فهزموهم وأن الكراكي صاحت وراءهم ففزعوا وانهزموا بعدها هزموا فعبدوا الكراكي لذلك وقالوا: هذه ربنا وهذه فعالاته هزم أعدائنا فهم يعبدونها لذلك.

قال: وسرنا من بلد هؤلاء فعبرنا نهر جرمشان ثم نهر أورن ثم نهر أورم ثم نهر باناخ ثم نهر وتيغ ثم نهر نياسنه ثم نهر جاوشيز وبين النهر والنهر مما ذكرنا اليومان والثلاثة والأربعة وأقل من ذلك وأكثر.

الصقالبة

فلما كنا من ملك الصقالبة وهو الذي قصدنا له على مسيرة يوم وليلة وجه لاستقبالنا الملوك الأربعة الذين تحت يده وإخوته وأولاده فاستقبلونا ومعهم الخبز واللحم والجاوزس وساروا معنا فلما صرنا منه على فرسخين تلقانا هو بنفسه فلما رآنا نزل فخر ساجداً شكراً لله جل وعز وكان في كمه دراهم فنثرها علينا ونصب لنا قباباً فنزلناها.

وكان وصولنا إليه يوم الأحد لاثنتي عشرة ليلة خلت من المحرم سنة عشر وثلاثمئة فكانت المسافة من الجرجانية إلى بلده سبعين يوماً فأقمنا يوم الأحد ويوم الأثنين ويوم الثلاثاء ويوم الأربعاء في القباب التي ضربت لنا حتى جمع الملوك والقواد وأهل بلده ليسمعوا قراءة الكتاب

فلما كان يوم الخميس واجتمعوا نشرنا المطردين اللذين كانا معنا وأسرجنا الدابة بالسرج الموجه إليه وألبسناه السواد

وعممناه وأخرجت كتاب الخليفة وقلت له: لا يجوز أ نجلس والكتاب يقرأ فقام على قدميه هو ومن حضر من وجوه أهل مملكته وهو رجل بدين بطين جداً وبدأت فقرأت صدر الكتاب فلما بلغت منه سلام عليك فإني أحمد إليك الله الذي لا إله إلا هو قلت: رد على أمير المؤمنين السلام فرد وردوا جميعاً بأسرهم ولم يزل الترجمان يترجم لنا حرفاً حرفاً فلما استتممنا قراءته كبروا تكبيرة ارتجت لها الأرض.

ثم قرأت كتاب الوزير حامد بن العباس وهو قائم ثم أمرته بالجلوس فجلس عند قراءة كتاب نذير الحرمي فلما استتممته نثر أصحابه عليه الدراهم الكثيرة ثم أخرجت الهدايا من الطيب والثياب واللؤلؤ له ولامرأته فلم أزل أعرض عليه وعليها شيئاً شيئاً حتى فرغنا من ذلك ثم خلعت على امرأته بحضرة الناس وكانت جالسة إلى جنبه وهذه سنتهم وزيهم فلما خلعت عليها نثر النساء عليها الدراهم وانصرفنا.

فلما كان بعد ساعة وجه إلينا فدخلنا إليه وهو في قبته والملوك عن يمينه وأمرنا أن نجلس عن يساره وإذا أولاده جلوس بين يديه وهو وحده على سرير مغشى بالديباج الرومي فدعا بالمائدة فقدمت وعليه اللحم المشوي وحده فابتدأ هو فأخذ سكيناً وقطع لقمة وأكلها وثانية وثالثة ثم احتز قطعة دفعها إلى سوسن الرسول فلما تناولها جاءته مائدة صغيرة فجعلت بين يديه وكذلك الرسم لا يمد أحد يده إلى الأكل حتى يناوله الملك لقمة فساعة يتناولها قد جاءته مائدة ثم ناولني فجاءتني مائدة ثم قطع قطعة وناولها الملك الذي عن يمينه فجاءته مائدة

ثم ناول الملك الثاني فجاءته مائدة ثم ناول الملك الرابع فجاءته مائدة ثم ناول أولاده فجاءتهم الموائد وأكلنا كل واحد من مائدته لا يشركه فيها أحد ولا يتناول من مائدة غيره شيئا فإذا فرغ من الطعام حمل كل واحد منهم ما بقي على مائدته إلى منزله فلما أكلنا دعا بشراب العسل وهم يسمونه السجو ليومه وليلته فشرب قدحاً ثم قام قائماً فقال: هذا سروري بمولاي أمير المؤمنين أطال الله بقاءه وقام الملوك الأربعة وأولاده لقيامه وقمنا نحن أيضاً حتى إذا فعل ذلك ثلاث مرات ثم انصرفنا من عنده.

وقد كان يخطب له على منبره قبل قدومي: اللهم وأصلح الملك يلطوار ملك بلغار فقلت أنا له: إن الله هو الملك ولا يسمى على المنبر بهذا الاسم غيره جل وعز وهذا مولاك أمير المؤمنين قد رضي لنفسه أن يقال على منابره في الشرق والغرب: اللهم أصلح عبدك وخليفتك جعفر الإمام المقتدر بالله أمير المؤمنين وكذا من كان قبله من آبائه الخلفاء وقد قال النبي صلى الله عليه وسسلم:» لا تطروني كما أطرت النصارى عيسى ابن مريم فإنما أنا عبد فقولوا: عبد الله ورسوله «فقال لي: فكيف يجوز أن يخطب لي قلت: باسمك واسم أبيك قال: إن أبي كان كافراً ولا أحب أن أذكر اسمه على المنبر وأنا أيضا فما أحب أن يذكر اسمي إذ كان الذي سماني به كافراً ولكن ما اسم مولاي أمير المؤمنين فقلت: جعفر قال: فيجوز أن أتسمى باسمه قلت: نعم قال: قد جعلت اسمي جعفرا واسم أبي عبد الله فتقدم إلى الخطيب بذلك ففعلت فكان يخطب له: اللهم وأصلح عبدك جعفر بن عبد الله أمير بلغار مولى أمير المؤمنين

ولما كان بعد قراءة الكتاب وإيصال الهدايا بثلاثة أيام بعث إلي وقد كان بلغه أمر الأربعة آلاف دينار وما كان من حيلة النصراني في تأخيرها وكان خبرها في الكتاب فلما دخلت إليه أمرني بالجلوس فجلست ورمى إلي كتاب أمير المؤمنين فقال: من جاء بهذا الكتاب قلت: أنا ثم رمى إلي كتاب الوزير فقال: وهذا أيضا قلت: أنا قال: فالمال الذي ذكر فيهما ما فعل به قلت: تعذر جمعه وضاق الوقت وخشينا فوت الدخول فتركناه ليلحق بنا فقال: إنما جئتم بأجمعكم وأنفق عليكم مولاي ما أنفق لحمل هذا المال إلي حتى أبني به حصناً يمنعني من اليهود الذين قد استعبدوني فأما الهدية فغلامي قد كان يحسن أن يجيء بها قلت: هو كذلك إلا أنا قد اجتهدنا فقال للترجمان: قل له أنا لا أعرف هؤلاء إنما أعرفك أنت وذلك أن هؤلاء قوم عجم ولو علم الأستاذ أيده الله أنهم يبلغون ما تبلغ ما بعث بك حتى تحفظ علي وتقرأ كتابي وتسمع جوابي ولست أطالب غيرك بدرهم فاخرج من المال فهو أصلح لك فانصرفت من بين يديه مذعوراً مغموماً وكان رجلاً له منظر وهيبة بدين عريض كأنما يتكلم من خابية فخرجت من عنده وجمعت أصحابي وعرفتهم ما جرى بيني وبينه وقلت: لهم من هذا حذرت.

وكان مؤذنه يثني الإقامة إذا أذن فقلت له: إن مولاك أمير المؤمنين يفرد في داره الإقامة فقال للمؤذن: اقبل ما يقوله لك ولا تخالفه فأقام المؤذن على ذلك أياماً وهو يسألني عن المال ويناظرني فيه وأنا أويسه منه وأحتج فيه فلما يئس منه تقدم إلى المؤذن أن يثني الإقامة ففعل وأراد بذلك أن يجعله طريقا إلى مناظرتي فلما سمعت تثنيته للإقامة نهيته وصحت عليه فعرف الملك فأحضرني وأحضر أصحابي فلما اجتمعنا قال الترجمان: قل له يعنيني ما يقول في مؤذنين

افرد أحدهما وثنى الآخر ثم صلى كل واحد منهما بقوم أتجوز الصلاة أم لا قلت: الصلاة جائزة فقال: باختلاف أم بإجماع قلت: بإجماع قال: قل له فما يقول في رجل دفع إلى قوم مالا لا قوام ضعفى محاصرين مستعبدين فخانوه فقلت: هذا لا يجوز وهؤلاء قوم سوء قال: باختلاف أم بإجماع قلت: بإجماع فقال للترجمان: قل له: تعلم أن الخليفة أطال الله بقاءه لو بعث إلي جيشاً كان يقدر علي قلت: لا قال: فأمير خراسان قلت: لا قال: أليس لبعد المسافة وكثرة من بيننا من قبائل الكفار قلت: بلى قال: قل له فوالله إني لبمكاني البعيد الذي تراني فيه وإني لخائف من مولاي أمير المؤمنين وذلك أني أخاف أن يبلغه عني شيء يكرهه فيدعو علي فأهلك بمكاني وهو في مملكته وبيني وبينه البلدان الشاسعة وأنتم تأكلون خبزه وتلبسون ثيابه وترونه في كل وقت خنتموه في مقدار رسالة بعثكم بها إلي إلى قوم ضعفى وخنتم المسلمين لا أقبل منكم أمر ديني حتى يجيئني من ينصح لي فيما يقول فإذا جاءني إنسان بهذه الصورة قبلت منه فألجمنا وما أحرنا جواباً وانصرفنا من عنده.

قال: فكان بعد هذا القول يؤثرني ويقربني ويباعد أصحابي ويسميني أبا بكر الصديق.

ورأيت في بلده من العجائب ما لا أحصيها كثرةً من ذلك: أن أول ليلة بتناها في بلده رأيت قبل مغيب الشمس بساعة قياسية أفق السماء وقد احمرت احمراراً شديداً وسمعت في الجو أصواتاً شديدة وهمهمة عالية فرفعت رأسي فإذا غيم أحمر مثل النار قريب مني وإذا تلك الهمهمة والأصوات منه وإذا فيه أمثال الناس والدواب وإذا في

أيدي الأشباح التي فيه تشبه الناس رماح وسيوف أتبينها وأتخيلها وإذا قطعة أخرى مثلها أرى فيها أيضاً رجالاً ودواب وسلاحاً فأقبلت هذه القطعة تحمل على هذه كما تحمل الكتيبة على الكتيبة ففزعنا من ذلك وأقبلنا على التضرع والدعاء وهم يضحكون منا ويتعجبون من فعلنا.

قال: وكنا ننظر إلى القطعة تحمل على القطعة فتختلطان جميعاً ساعة ثم تفترقان فما زال الأمر كذلك ساعة من الليل ثم غابتا فسألنا الملك عن ذلك فزعم أن أجداده كانوا يقولون: إن هؤلاء من مؤمني الجن وكفارهم وهم يقتتلون في كل عشية وأنهم ما عدموا هذا مذ كانوا في كل ليلة.

قال: ودخلت أنا وخياط كان للملك من أهل بغداد قد وقع إلى تلك الناحية قبتي لنتحدث فتحدثنا بمقدار ما يقرأ إنسان أقل من نصف سبع ونحن ننتظر أذان العتمة فإذا بالأذان فخرجنا من القبة وقد طلع الفجر فقلت للمؤذن :أي شيء أذنت قال: أذان الفجر قلت: فالعشاء الآخرة قال: نصليها مع المغرب قلت: فالليل قال: كما ترى وقد كان أقصر من هذا إلا أنه قد أخذ في الطول وذكر أنه منذ شهر ما نام خوفا أن تفوته صلاة الغداة وذلك أن الإنسان يجعل القدر على النار وقت المغرب ثم يصلي الغداة وما آن لها أن تنضج.

قال: ورأيت النهار عندهم طويلاً جداً وإذا أنه يطول عندهم مدة من السنة ويقصر الليل ثم يطول الليل ويقصر النهار فلما كانت الليلة الثانية جلست خارج القبة وراقبت السماء فلم أر من الكواكب إلا عدداً يسيراً ظننت أنه نحو الخمسة عشر كوكباً متفرقة وإذا الشفق الأحمر

الذي قبل المغرب لا يغيب بتةً وإذا الليل قليل الظلمة يعرف الرجل الرجل فيه من أكثر من غلوة سهم.

قال: ورأيت القمر لا يتوسط السماء بل يطلع في أرجائها ساعة ثم يطلع الفجر فيغيب القمر وحدثني الملك أن وراء بلده بمسيرة ثلاثة أشهر قوم يقال هم ويسو الليل عندهم أقل من ساعة قال: ورأيت البلد عند طلوع الشمس يحمره كل شيء فيه من الأرض والجبال وكل شيء ينظر الإنسان إليه حين تطلع الشمس كأنها غمامة كبرى فلا تزال الحمرة كذلك حتى تتكبد السماء وعرفني أهل البلد أنه إذا كان الشتاء عاد الليل في طول النهار وعاد النهار في قصر الليل حتى إن الرجل منا ليخرج إلى موضع يقال له إتل بيننا وبينه أقل من مسيرة فرسخ وقت طلوع الفجر فلا يبلغه إلى العتمة إلى وقت طلوع الكواكب كلها حتى تطبق السماء فما برحنا من البلد حتى امتد الليل وقصر النهار.

ورأيتهم يتبركون بعواء الكلاب جداً ويفرحون به ويقولون: سنة خصب وبركة وسلامة.

ورأيت الحيات عندهم كثيرة حتى إن الغصن من الشجرة لتلتف عليه العشرة منها والأكثر ولا يقتلونها ولا تؤذيهم حتى لقد رأيت في بعض المواضع شجرة طويلة يكون طوها أكثر من مئة ذراع وقد سقطت وإذا بدنها عظيم جداً فوقفت أنظر إليه إذ تحرك فراعني ذلك وتأملته فإذا عليه حية قريبة منه في الغلظ والطول فلما رأتني سقطت عنه وغابت بين الشجر فجئت فزعاً فحدثت الملك ومن كان في مجلسه فلم يكترثوا لذلك وقال: لا تجزع فليس تؤذيك ونزلنا مع الملك منزلاً فدخلت أنا وأصحابي تكين وسوسن وبارس ومعنا رجل من أصحاب الملك بين الشجر

فرأينا عوداً صغيراً أخضر كرقة المغزل وأطول فيه عرق أخضر على رأس العرق ورقة عريضة مبسوطة على الأرض مفروش عليها مثل النابت فيها حب ولا يشك من يأكله أنه رمان أمليسي فأكلنا منه فإذا به من اللذة أمر عظيم فما زلنا نتبعه ونأكله.

ورأيت هم تفاحاً أخضر شديد الخضرة وأشد حموضةً من خل الخمر وتأكله الجواري فيسمن عليه ولم أرَ في بلدهم أكثر من شجر البندق لقد رأيت منه غياضاً تكون الغيضة أربعين فرسخاً في مثلها ورأيت هم شجراً لا أدري ما هو مفرط الطول وساقه أجرد من الورق ورؤوسه كرؤوس النخل له خوص دقاق إلا أنه مجتمع يجيئون إلى موضع يعرفونه من ساقه فيثقبونه ويجعلون تحته إناء فتجري إليه من ذلك الثقب ماء أطيب من العسل إن أكثر الإنسان منه أسكره كما يسكر الخمر.

وأكثر أكلهم الجاورس ولحم الدابة على أن الحنطة والشعير كثير وكل من زرع شيئاً أخذه لنفسه ليس للملك فيه حق غير أنهم يؤدون إليه في كل سنة من كل بيت جلد سمور وإذا أمر سرية بالغارة على بعض البلدان فغنمت كان له معهم حصة ولا بد لكل من يعترس أو يدعو دعوة من زله للملك على قدر الوليمة وساخرخ من نبيذ العسل وحنطة ردية لأن أرضهم سوداء منتنة.

وليس هم مواضع يجمعون فيها طعامهم ولكنهم يحفرون في الأرض آباراً ويجعلون الطعام فيها فليس يمضي عليه إلا أيام يسيرة حتى يتغير ويريح فلا ينتفع به وليس هم زيت ولا شيرج ولا دهن بتةً

وإنما يقيمون مقام هذه الأدهان دهن السمك فكل شيء يستعملونه فيه يكون زفراً ويعملون من الشعير حساء يحسونه الجواري والغلمان وربما طبخوا الشعير باللحم فأكل الموالي اللحم وأطعموا الجواري الشعير إلا أن يكون رأس تيس فيطعم من اللحم.

وكلهم يلبسون القلانس فإذا ركب الملك ركب وحده بغير غلام ولا أحد يكون معه فإذا اجتاز في السوق لم يبق أحد إلا قام وأخذ قلنسوته عن رأسه فجعلها تحت إبطه فإذا جاوزهم ردوا قلانسهم إلى رؤوسهم وكذلك كل من يدخل إلى الملك من صغير وكبير حتى أولاده وإخوته ساعة ينظرون إليه قد أخذوا قلانسهم فجعلوها تحت آباطهم ثم أوموا إليه برؤوسهم وجلسوا ثم قاموا حتى يأمرهم بالجلوس وكل من يجلس بين يديه فإنما يجلس باركا ولا يخرج قلنسوته ولا يظهرها حتى يخرج من بين يديه فيلبسها عند ذلك.

وكلهم في قباب إلا أن قبة الملك كبيرة جداً تسع ألف نفس وأكثر مفروشة بالفرش الأرمني وله في وسطها سرير مغشى بالديباج الرومي.

ومن رسومهم أنه إذا ولد لابن الرجل مولود أخذه جده دون أبيه وقال: أنا أحق به من أبيه في حضنه حتى يصير رجلاً وإذا مات منهم الرجل ورثه أخوه دون ولده فعرفت الملك أن هذا غير جائز وعرفته كيف المواريث حتى فهمها.

وما رأيت أكثر من الصواعق في بلدهم وإذا وقعت الصاعقة على بيت لم يقربوه ويتركونه على حالته

وجميع من فيه من رجل ومال وغير ذلك حتى يتلفه الزمان ويقولون: هذا بيت مغضوب عليهم.

وإذا قتل الرجل منهم الرجل عمداً أقادوه به وإذا قتله خطأً صنعوا له صندوقاً من خشب الخدنك وجعلوه في جوفه وسمروه عليه وجعلوا معه ثلاثة أرغفة وكوز ماء ونصبوا له ثلاث خشبات مثل الشبائح وعلقوه بينها وقالوا: نجعله بين السماء والأرض يصيبه المطر والشمس لعل الله أن يرحمه فلا يزال معلقا حتى يبليه الزمان وتهب به الرياح.

وإذا رأوا إنساناً له حركة ومعرفة بالأشياء قالوا:
هذا حقه أن يخدم ربنا فأخذوه وجعلوا في
عنقه حبلاً وعلقوه في شجرة حتى يتقع.

ولقد حدثني ترجمان الملك أن سندياً سقط إلى ذلك البلد فأقام عند الملك برهة من الزمان يخدمه وكان خفيفاً فهماً فأراد جماعة منهم الخروج معهم فنهاه عن ذلك فاستأذن السندي الملك في الخروج معهم فنهاه عن ذلك وألح عليه حتى أذن له فخرج معهم في سفينة فرأوه حركاً كيساً فتآمروا بينهم وقالوا هذا يصلح لخدمة ربنا فنوجه به إليه واجتازوا في طريقهم بغيضة فأخرجوه إليها و جعلوا في عنقه حبلاً وشدوه في رأس شجرة عالية وتركوه ومضوا.

وإذا كانوا يسيرون في طريق فأراد أحدهم البول فبال وعليه سلاحه انتهبوه وأخذوا سلاحه وثيابه وجميع ما معه وهذا رسم هم ومن خط عنه سلاحه وجعله ناحية وبال لم يعرضوا له وينزل الرجال والنساء إلى النهر فيغتسلون جميعاً عراة

لا يستتر بعضهم من بعض ولا يزنون بوجه ولا سبب ومن زنا منهم كائناً من كان ضربوا له أربع سكك وشدوا يديه ورجليه إليها وقطعوا بالفأس من رقبته إلى فخذيه وكذلك يفعلون بالمرأة أيضاً ثم يعلق كل قطعة منه ومنها على شجرة وما زلت اجتهد أن يستتر النساء من الرجال في السباحة فما استوى لي ذلك ويقتلون السارق كما يقتلون الزاني وفي غياضهم عسل كثير في مساكن النحل يعرفونها فيخرجون لطلب ذلك فربما وقع عليهم قوما من أعدائهم فقتلوهم وفيهم تجار كثير يخرجون إلى أرض الترك فيجلبون الغنم وإلى بلد يقال له ويسو فيجلبون السمور والثعلب الأسود.

ورأينا فيهم أهل بيت يكونون خمسة الآف نفس من امرأة ورجل قد أسلموا كلهم يعرفون بالبرنجار وقد بنوا هم مسجداً من خشب يصلون فيه ولا يعرفون القراءة فعلمت جماعة ما يصلون به.

ولقد اسلم على يدي رجل يقال له طالوت فأسميته عبد الله فقال: أريد أن تسميني باسمك محمداً ففعلت وأسلمت امرأته وأمه وأولاده فسموا كلهم محمداً وعلمته الحمد لله و قل هو الله أحد فكان فرحه بهاتين السورتين أكثر من فرحه إن صار ملك الصقالبة.

وكنا لما وافينا الملك وجدناه نازلاً على ماء يقال له خلجة وهي ثلاث بحيرات منها اثنتان كبيرتان وواحدة صغيرة إلا أنه ليس في جميعها شيء يلحق غوره وبين هذا الموضع وبين نهر هم عظيم يصب إلى بلاد الخزر يقال له نهر إتل نحو الفرسخ وعلى هذا النهر موضع سوق تقوم في كل مديدة ويباع فيها المتاع الكثير النفيس.

وكان تكين حدثني أن في بلد الملك رجلاً عظيم الخلق جداً فلما صرت إلى البلد سألت الملك عنه فقال: نعم قد كان في بلدنا ومات ولم يكن من أهل البلد ولا من الناس أيضاً وكان من خبره أن قوماً من التجار خرجوا إلى نهر إتل وهو نهر بيننا وبينه يوم واحد كما يخرجون وهذا النهر قد مد وطغى ماؤه فلم أشعر يوماً إلا وقد وافاني جماعة من التجار فقالوا: أيها الملك قد قفا على الماء رجل إن كان من أمة تقرب منا فلا مقام لنا في هذه الديار وليس لنا غير التحويل.

فركبت معهم حتى صرت إلى النهر فإذا أنا بالرجل وإذا هو بذراعي اثنا عشر ذراعاً وإذا له رأس كأكبر ما يكون من القدور وأنف أكثر من شبر وعينان عظيمتان وأصابع تكون أكثر من شبر شبر فراعني أمره وداخلني ما داخل القوم من الفزع وأقبلنا نكلمه ولا يكلمنا بل ينظر إلينا فحملته إلى مكاني وكتبت إلى أهل ويسو وهم منا على ثلاثة أشهر أسألهم عنه فكتبوا إلي يعرفونني أن هذا الرجل من يأجوج ومأجوج وهم منا على ثلاثة أشهر عراة يحول بيننا وبينهم البحر لأنهم على شطه وهم مثل البهائم ينكح بعضهم بعضاً يخرج الله عز وجل لهم كل يوم سمكة من البحر فيجيء الواحد منهم ومعه المدية فيجز منها قدر ما يكفيه ويكفي عياله فإن أخذ فوق ما يقنعه اشتكى بطنه وكذلك عياله يشتكون بطونهم وربما مات وماتوا بأسرهم فإذا أخذوا منها حاجتهم انقلبت ووقعت في البحر فهم في كل يوم على ذلك.

وبيننا وبينهم البحر من جانب والجبال محيطة بهم من جوانب أخر والسد أيضاً قد حال بينهم وبين الباب الذي كانوا

يخرجون منه فإذا أراد الله عز وجل أن يخرجهم إلى العمارات سبب لهم فتح السد ونضب البحر وانقطع عنهم السمك.

قال: فسألته عن الرجل فقال: أقام عندي مدة فلم يكن ينظر إليه صبي إلا مات ولا حامل إلا طرحت حملها وكان إن تمكن من إنسان عصره بيديه حتى يقتله فلما رأيت ذلك علقته في شجرة عالية حتى مات إن أردت أن تنظر إلى عظامه ورأسه مضيت معك حتى تنظر إليها فقلت: أنا والله أحب ذاك فركب معي إلى غيضة كبيرة فيها شجرُ عظام فتقدمني إلى شجرة سقطت عظامه ورأسه تحتها فرأيت رأسه مثل القفير الكبير وإذا أضلاعه أكبر من عراجين النخل وكذلك عظام ساقيه وذراعيه فتعجبت منه وأنصرفت.

قال: وارتحل الملك من الماء الذي يسمى خلجة إلى نهر يقال له جاوشيز فأقام به شهرين ثم أراد الرحيل فبعث إلى قوم يقال لهم سواز يأمرهم بالرحيل معه فأبوا عليه وافترقوا فرقتين فرقة مع ختنه وكان قد تملك عليهم واسمه ويرغ فبعث إليهم الملك وقال: إن الله عز وجل قد من علي بالإسلام وبدولة أمير المؤمنين فأنا عبده وهذه الأمة قد قلدتني فمن خالفني لقيته بالسيف وكانت الفرقة الأخرى مع ملك من قبيلة يعرف بملك اسكل وكان في طاعته إلا أنه لم يكن داخلاً في الإسلام.

فلما وجه إليهم هذه الرسالة خافوا ناحيته فرحلوا بأجمعهم معه إلى نهر جاوشيز وهو نهر قليل العرض يكون عرضه خمسة أذرع وماؤه إلى السرة وفيه مواضع إلى الترقوة وأكثره قامة وحوله شجر كثير من الشجر الخدنك وغيره

وبالقرب منه صحراء واسعة يذكرون أن بها حيواناً دون الجمل في الكبر وفوق الثور رأسه رأس جمل وذنبه ذنب ثور وبدنه بدن بغل وحوافره مثل أظلاف الثور له في وسط رأسه قرن واحد غليظ مستدير كلما أرتفع دق حتى يصير مثل سنان الرمح فمنه ما يكون طوله خمسة أذرع إلى ثلاثة أذرع إلى أكثر وأقل يرتعي ورق الشجر جيد الخضرة إذا رأى الفارس قصده فإن كان تحته جواد أمن منه بجهد وإن لحقه أخذه من ظهر دابته بقرنه ثم زج به في الهواء واستقبله بقرنه فلا يزال كذلك حتى يقتله.

ولا يعرض للدابة بوجه ولا سبب وهم يطلبونه في الصحراء والغياض حتى يقتلوه وذلك أنهم يصعدون الشجر العالية التي يكون بينها ويجتمع لذلك عدة من الرماة بالسهام المسمومة فإذا توسطهم رموه حتى يثخنوه ويقتلوه.

ولقد رأيت عند الملك ثلاث طيفوريات كبار تشبه الجزع اليماني عرفني أنها معمولة من أصل قرن هذا الحيوان وذكر بعض أهل البلد أنه الكركدن.

قال: وما رأيت منهم إنساناً يحمر بل أكثرهم معلول وربما يموت أكثرهم بالقولنج حتى إنه ليكون بالطفل الرضيع منهم وإذا مات المسلم عندهم أو زوج المرأة الخوارزميه غسلوه غسل المسلمين ثم حملوه على عجلة تجره وبين يديه مطرد حتى يصيروا به إلى المكان الذي يدفنونه فيه فإذا صار إليه أخذوه عن العجلة وجعلوه على الأرض ثم خطوا حوله خطاً ونحوه ثم حفروا داخل ذلك الخط قبره وجعلوا له لحداً ودفنوه وكذلك يفعلون بموتاهم.

ولا تبكي النساء على الميت بل الرجال منهم يكون عليه يجيئون في اليوم الذي مات فيقفون على باب قبته فيضجون بأقبح بكاء يكون وأوحشه.

هؤلاء للأحرار فإذا انقضى بكاؤهم وافى العبيد ومعهم جلود مضفورة فلا يزالون يبكون ويضربون جنوبهم وما ظهر من أبدانهم بتلك السيور حتى تصير في أجسادهم مثل ضرب السوط ولا بد من أن ينصبوا بباب قبته مطرداً ويحضروا سلاحه فيجعلونها حول قبره ولا يقطعون البكاء سنتين.

فإذا انقضت السنتان حطوا المطرد وأخذوا من شعورهم ودعا أقرباء الميت دعوة يعرف بها خروجهم من الحزن وإن كانت له زوجة تزوجت هذا إذا كان من الرؤساء فأما العامة فيفعلون بعض هذا بموتاهم.

وعلى ملك الصقالبة ضريبة يؤديها إلى ملك الخزر من كل بيت في مملكته جلد سمور وإذا قدمت السفينة من بلد الخزر إلى بلد الصقالبة ركب الملك فأحصى ما فيها وأخذ من جميع العشر وإذا قدم الروس أو غيرهم من سائر الأجناس برقيق فللملك أن يختار من كل عشرة أرؤس رأساً.

وابن ملك الصقالبة رهينة عند ملك الخزر وقد كان اتصل بملك الخزر عن ابنة ملك الصقالبة جمال فوجه يخطبها فاحتج عليه ورده فبعث وأخذها غصباً وهو يهودي وهي مسلمة فماتت عنده فوجه يطلب بنتاً له أخرى فساعة اتصل ذلك بملك الصقالبة بادر فزوجها لملك اسكل وهو من تحت يده خيفة أن

يغتصبه إياها كما فعل بأختها وإنما دعا ملك الصقالبة أن يكاتب السلطان ويسأله أن يبني له حصناً خوفاً من ملك الخزر.

قال: وسألته يوما فقلت له: مملكتك واسعة وأموالك جمة وخراجك كثير فلم سألت السلطان أن يبني حصناً بمال من عنده لا مقدار له فقال رأيت دولة الإسلام مقبلة وأموالهم يؤخذ من حلها فالتمست ذلك لهذه العلة ولو أني أردت أن أبني حصناً من أموالي من فضة أو ذهب لما تعذر ذلك علي وإنما تبركت بمال أمير المؤمنين فسألته ذلك.

الروسية

قال: ورأيت الروسية وقد وافوا في تجارتهم ونزلوا على نهر إتل فلم أر أتم أبداناً منهم كأنهم النخل شقرُ حمر لا يلبسون القراطق ولا الخفاتين ولكن يلبس الرجل منهم كساء يشتمل به على أحد شقيه ويخرج إحدى يديه منه ومع كل واحد منهم فأس وسيف وسكين لا يفارقه جميع ما ذكرنا. وسيوفهم صفائح مشطبة أفرنجية ومن حد ظفر الواحد منهم إلى عنقه مخضر شجر وصور وغير ذلك.

وكل امرأة منهم فعلى ثديها حقة مشدودة إما من حديد وإما من فضة وإما من نحاس وإما من ذهب على قدر مال زوجها ومقداره وفي كل حقة حلقة فيها سكين مشدودة على الثدي أيضاً وفي أعناقهن أطواق من ذهب وفضة لأن الرجل إذا ملك عشرة آلاف درهم صاغ لامرأته طوقاً وإن ملك عشرين ألفاً صاغ لها طوقين وكذلك كل عشرة آلاف يزداد طوقاً لامرأته فربما كان في عنق الواحدة منهن الأطواق الكثيرة.

وأجل الحلي عندهم الخرز الأخضر من الخزف الذي يكون على السفن يبالغون فيه ويشترون الخرزة بدرهم وينظمونه عقودا لنسائهم.

وهم أقذر خلق الله لا يستنجون من غائط ولا بول ولا يغتسلون من جنابة ولا يغسلون أيديهم من الطعام بل هم كالحمير الضالة يجيئون من بلدهم فيرسون سفنهم بإتل وهو نهر كبير ويبنون على شطه بيوتاً كباراً من الخشب.

ويجتمع في البيت الواحد العشرة والعشرون والأقل والأكثر ولكل واحد سرير يجلس عليه ومعهم الجواري الروقة للتجار فينكح الواحد جاريته ورفيقه ينظر إليه وربما اجتمعت الجماعة منهم على هذه الحال بعضهم بحذاء بعض وربما يدخل التاجر عليهم ليشتري من بعضهم جارية فيصادفه ينكحها فلا يزول عنها حتى يفضي أربه.

ولا بد لهم في كل يوم من غسل وجوههم ورؤوسهم بأقذر ماء يكون وأطفسه وذلك أن الجارية توافي كل يوم بالغداة ومعها قصعة كبيرة فيها ماء فتدفعها إلى مولاها فيغسل فيها يديه ووجهه وشعر رأسه فيغسله ويسرحه بالمشط في القصعة ثم يمتخط ويبصق فيها ولا يدع شيئاً من القذر إلا فعله في ذلك الماء فإذا فرغ مما يحتاج إليه حملت الجارية القصعة إلى الذي إلى جانبه ففعل مثل فعل صاحبه ولا تزال ترفعها من واحد إلى واحد حتى تديرها على جميع من في البيت وكل واحد منهم يمتخط ويبصق فيها ويغسل وجهه وشعره فيها.

وساعة توافي سفنهم إلى هذا المرسى يخرج كل واحد منهم ومعه خبز ولحم وبصل ولبن ونبيذ حتى يوافي خشبة طويلة منصوبة لها وجه يشبه وجه الإنسان وحولها صور صغار وخلف تلك الصور خشب طوال قد نصبت في الأرض فيوافي إلى الصورة الكبيرة ويسجد لها ثم يقول لها: يا رب قد جئت من بلد بعيد ومعي من الجواري كذا وكذا رأساً ومن السمور كذا وكذا جلداً حتى يذكر جميع ما قدم معه من تجارته ثم يقول: وجئتك بهذه الهدية ثم يترك الذي معه بين يدي الخشبة ويقول: أريد أن ترزقني تاجراً معه دنانير ودراهم كثيرة فيشتري مني كل ما أريد ولا يخالفني فيما أقول ثم ينصرف.

فإن تعسر عليه بيعه وطالت أيامه عاد بهدية ثانية وثالثة فإن تعذر ما يريد حمل إلى كل صورة من تلك الصور الصغار هدية وسألها الشفاعة وقال: هؤلاء نساء ربنا وبناته وبنوه فلا يزال يطلب إلى صورة صورة يسألها ويستشفع بها ويتضرع بين يديها فربما تسهل له البيع فباع فيقول: قد قضى ربي حاجتي وأحتاج أن أكافيه فيعمد ما أريد ولا يخالفني فيما أقول ثم ينصرف إلى عدة من الغنم أو البقر فيقتلها ويتصدق ببعض اللحم ويحمل الباقي فيطرحه بين يدي تلك الخشبة الكبيرة والصغار التي حولها ويعلق رؤوس البقر أو الغنم على ذلك الخشب المنصوب في الأرض فإذا كان الليل وافت الكلاب فأكلت جميع ذلك فيقول: الذي فعله قد رضي ربي عني وأكل هديتي.

وإذا مرض منهم الواحد ضربوا له خيمة ناحية عنهم وطرحوه فيها وجعلوا معه شيئاً من الخبز والماء ولا يقربونه ولا يكلمونه بل لا يتعاهدونه في كل أيام مرضه لا سيما إن كان ضعيفاً

أو مملوكاً فإن برئ وقام رجع إليهم وإن مات أحرقوه فإن كان مملوكاً تركوه على حاله تأكله الكلاب وجوارح الطير.

وإذا أصابوا سارقاً أو لصاً جاءوا به إلى شجرة غليظة وشدوا في عنقه حبلاً وثيقاً وعلقوه فيها ويبقى معلقاً حتى يتقطع من المكث بالرياح والأمطار.

وكان يقال لي إنهم يفعلون برؤسائهم عند الموت أموراً أقلها الحرق فكنت أحب أن أقف على ذلك حتى بلغني موت رجل منهم جليل فجعلوه في قبره وسقفوا عليه عشرة أيام حتى فرغوا من قطع ثيابه وخياطتها.

وذلك أن الرجل الفقير منهم يعملون له سفينة صغيرة ويجعلونه فيها ويحرقونها والغني يجمعون ماله ويجعلونه ثلاثة أثلاث: فثلث لأهله وثلث يقطعون له به ثياباً وثلث ينبذون به نبيذاً يشربونه يوم تقتل جاريته نفسها وتحرق مع مولاها.

وهم مستهترون بالنبيذ يشربونه ليلاً ونهاراً وربما مات الواحد منهم والقدح في يده وإذا مات الرئيس منهم قال أهله لجواريه وغلمانه: من منكم يموت معه فيقول بعضهم: أنا فإذا قال ذلك فقد وجب عليه لا يستوي له أن يرجع أبدا ولو أراد ذلك ما ترك وأكثر من يفعل هذا الجواري.

فلما مات ذلك الرجل الذي قدمت ذكره قالوا لجواريه: من يموت معه فقالت إحداهن: أنا فوكلوا بها جاريتين تحفظانها وتكونان معها حيث سلكت حتى إنها ربما غسلتا رجليها بأيديهما وأخذوا في

شأنه وقطع الثياب له وإصلاح ما يحتاج إليه والجارية في كل يوم تشرب وتغني فرحة مستبشرة.

فلما كان اليوم الذي يحرق فيه هو والجارية حضرت إلى النهر الذي فيه سفينته فإذا هي قد أخرجت وجعل لها أربعة أركان من خشب الخدنك وغيره وجعل أيضاً حولها مثل الأنابير الكبار من الخشب ثم مدت حتى جعلت على ذلك الخشب وأقبلوا يذهبون ويجيئون ويتكلمون بكلام لا أفهم وهو بعد في قبره لم يخرجوه ثم جاءوا بسرير فجعلوه على السفينة وغشوه بالمضربات الديباج الرومي والمساند الديباج الرومي ثم جاءت امرأة عجوز يقولون لها ملك الموت ففرشت على السرير الفرش التي ذكرنا وهي وليت خياطته وإصلاحه وهي تقتل الجواري ورأيتها جوان بيرة ضخمة مكفهرة.

فلما وافوا قبره نحوا التراب عن الخشب ونحوا الخشب واستخرجوه في الإزار الذي مات فيه فرأيته قد اسود لبرد البلد وقد كانوا جعلوا معه في قبره نبيذاً وفاكهة وطنبوراً فأخرجوا جميع ذلك فإذا هو لم ينتن ولم يتغير منه شيء غير لونه.

فألبسوه سراويل ورانا وخفاً وقرطقاً وخفتان ديباج له أزرار ذهب وجعلوا على رأسه قلنسوة ديباج سمورية وحملوه حتى أدخلوه القبة التي على السفينة وأجلسوه على المضربة وأسندوه بالمساند وجاءوا بالنبيذ والفاكهة والريحان فجعلوه معه.

وجاءوا بخبز ولحم وبصل فطرحوه بين يديه وجاءوا بكلب فقطعوه نصفين وألقوه في السفينة ثم جاءوا بجميع سلاحه

فجعلوه إلى جانبه ثم أخذوا دابتين فأجروهما حتى عرقتا ثم قطعوهما بالسيف وألقوا لحمهما في السفينة.

ثم جاءوا ببقرتين فقطعوهما أيضا وألقوهما فيها ثم أحضروا ديكاً ودجاجة فقتلوهما وطرحوهما فيها.

والجارية التي تريد أن تقتل ذاهبة وجائية تدخل قبةً قبةً من قبابهم فيجامعها صاحب القبة ويقول لها: قولي لمولاك إنما فعلت هذا من محبتك.

فلما كان وقت العصر من يوم الجمعة جاءوا بالجارية إلى شيء قد عملوه مثل ملبن الباب فوضعت رجليها على أكف الرجال وأشرفت على ذلك الملبن وتكلمت بكلام لها فأنزلوها ثم أصعدوها ثانية ففعلت كفعلها في المرة الأولى ثم أنزلوها وأصعدوها ثالثة ففعلت فعلها في المرتين ثم دفعوا إليها دجاجة فقطعت رأسها ورمت به وأخذوا الدجاجة فألقوها في السفينة.

فسألت الترجمان عن فعلها فقال: قالت في أول مرة أصعدوها: هو ذا أرى أبي وأمي وقالت في الثانية: هو ذا أرى جميع قرابتي الموتى قعوداً وقالت في المرة الثالثة: هو ذا أرى مولاي قاعداً في الجنة والجنة حسنة خضراء ومعه الرجال والغلمان وهو يدعوني فاذهبوا بي إليه.

فمروا بها نحو السفينة فنزعت سوارين كانا عليها ودفعتهما إلى المرأة التي تسمى ملك الموت وهي التي تقتلها ونزعت

خلخالين كانا عليها ودفعتهما إلى الجاريتين اللتين كانتا تخدمانها وهما ابنتا المرأة المعروفة بملك الموت.

ثم أصعدوها إلى السفينة ولم يدخلوها إلى القبة وجاء الرجال ومعهم التراس والخشب ودفعوا إليها قدحاً نبيذاً فغنت عليه وشربته فقال لي الترجمان: إنها تودع صواحباتها بذلك ثم دفع إليها قدح آخر فأخذته وطولت الغناء والعجوز تستحثها على شربه والدخول إلى القبة التي فيها مولاها فرأيتها وقد تبلدت وأرادت دخول القبة فأدخلت رأسها بينها وبين السفينة فأخذت العجوز رأسها وأدخلتها القبة ودخلت معها.

وأخذ الرجال يضربون بالخشب على التراس لئلا يسمع صوت صياحها فيجزع غيرها من الجواري ولا يطلبن الموت مع مواليهن ثم دخل إلى القبة ستة رجال فجامعوا بأسرهم الجارية ثم أضجعوها إلى جانب مولاها وأمسك اثنان رجليها واثنان يديها وجعلت العجوز التي تسمى ملك الموت في عنقها حبلاً مخالفاً ودفعته إلى اثنين ليجذباه وأقبلت ومعها خنجر عريض النصل فأقبلت تدخله بين أضلاعها موضعاً موضعاً وتخرجه والرجلان يخنقانها بالحبل حتى ماتت.

ثم وافى أقرب الناس إلى ذلك الميت فأخذ خشبة وأشعلها بالنار ثم مشى القهقرى نحو قفاه إلى السفينة ووجهه إلى الناس والخشبة المشعلة في يده الواحدة ويده الأخرى على باب استه وهو عريان حتى أحرق الخشب المعبأ الذي تحت السفينة من بعدما وضعوا الجارية التي قتلوها في جنب مولاها.

ثم وافى الناس بالخشب والحطب ومع كل واحد خشبة قد ألهب رأسها فيلقيها في ذلك الخشب فتأخذ النار في الحطب ثم في السفينة ثم في القبة والرجل والجارية وجميع ما فيها ثم هبت ريح عظيمة هائلة فاشتد لهب النار واضطرم تسعرها وكان إلى جانبي رجل من الروسية فسمعته يكلم الترجمان الذي معي فسألته عما قال له فقال: إنه يقول: أنتم يا معاشر العرب حمقى.

فقلت: لم ذلك قال: إنكم تعمدون إلى أحب الناس إليكم وأكرمهم عليكم فتطرحونه في التراب وتأكله التراب والهوام والدود ونحن نحرقه بالنار في لحظة فيدخل الجنة من وقته وساعته.

ثم ضحك ضحكاً مفرطاً فسألت عن ذلك فقال: من محبة ربه له قد بعث الريح حتى تأخذه في ساعة فما مضت على الحقيقة ساعة حتى صارت السفينة والحطب والجارية والمولى رماداً مدداً ثم بنوا على موضع السفينة وكانوا قد أخرجوها من النهر شبيها بالتل المدور ونصبوا في وسطه خشبة كبيرة خدنك وكتبوا عليها اسم الرجل واسم ملك الروس وانصرفوا.

قال: ومن رسم ملك الروس أن يكون معه في قصره أربعمئة رجل من صناديد أصحابه وأهل الثقة عنده فهم يموتون بموته ويقتلون دونه ومع كل واحد منهم جارية تخدمه وتغسل رأسه وتصنع له ما يأكل ويشرب وجارية أخرى يطؤها وهؤلاء الأربعمئة يجلسون تحت سريره وسريره عظيم مرصع

بنفيس الجوهر ويجلس معه على السرير أربعون جارية لفراشه وربما وطئ الواحدة منهن بحضرة أصحابه الذين ذكرنا.

ولا ينزل عن سريره فإذا أراد قضاء حاجة قضاها في طشت وإذا أراد الركوب قدموا دابته إلى السرير فركبها منه وإذا أراد النزول قدم دابته حتى يكون نزوله عليه وله خليفة يسوس الجيوش ويواقع الأعداء ويخلفه في رعيته.

الخزر

فأما ملك الخزر واسمه خاقان فإنه لا يظهر إلا في كل أربعة أشهر متنزهاً ويقال له خاقان الكبير ويقال لخليفته خاقان به وهو الذي يقود الجيوش ويسوسها ويدبر أمر المملكة ويقوم بها ويظهر ويغزو وله تذعن الملوك الذين يصاقبونه ويدخل في كل يوم إلى خاقان الأكبر متواضعاً يظهر الأخبات والسكينة ولا يدخل عليه إلا حافياً وبيده حطب فإذا سلم عليه أوقد بين يديه ذلك الحطب فإذا فرغ من الوقود جلس مع الملك على سريره عم يمينه ويخلفه رجل يقال له كندر خاقان ويخلف هذا أيضاً رجل يقال له جاوشيغر.

ورسم الملك الأكبر أن لا يجلس للناس ولا يكلمهم
ولا يدخل عليه أحد غير من ذكرنا.

الولايات في الحل والعقد والعقوبات وتدبير
المملكة على خليفته خاقان به.

ورسم الملك الأكبر إذا مات أن يبنى له دار كبيرة فيها عشرون بيتاً ويحفر له في كل بيت منها قبر وتكسر الحجارة حتى تصير مثل الكحل وتفرش فيه وتطرح النورة فوق ذلك وتحت الدار نهر والنهر

نهر كبير يجري ويجعلون القبر فوق ذلك النهر ويقولون: حتى لا يصل إليه شيطان ولا إنسان ولا دود ولا هوام.

وإذا دفن ضربت أعناق الذين يدفنونه حتى لا يدرى أين قبره من تلك البيوت ويسمى قبره الجنة ويقولون: قد دخل الجنة وتفرش البيوت كلها بالديباج المنسوج بالذهب.

ورسم ملك الخزر أن يكون له خمس وعشرون امرأة كل امرأة منهن ابنة ملك من الملوك الذين يحاذونه يأخذها طوعاً أو كرهاً وله من الجواري السراري لفراشه ستون ما منهن إلا فائقة الجمال وكل واحدة من الحرائر والسراري في قصر مفرد لها قبة مغشاة بالساج وحول كل قبة مضرب ولكل واحدة منهم خادم يحجبها فإذا أراد أن يطأ بعضهن بعث إلى الخادم الذي يحجبها فيوافي بها في أسرع من لمح البصر حتى يجعلها في فراشه. ويقف الخادم على باب قبة الملك فإذا وطئها أخذ بيدها وانصرف ولم يتركها بعد ذلك لحظة واحدة.

وإذا ركب هذا الملك الكبير ركب سائر الجيوش لركوبه ويكون بينه وبين المواكب ميل فلا يراه أحد من رعيته إلا خر لوجهه ساجداً له لا يرفع رأسه حتى يجوزه.

ومدة ملكهم أربعون سنة إذا جاوزها يوماً واحداً قتلته الرعية وخاصته وقالوا: هذا قد نقص عقله واضطرب رأيه. وإذا بعث سرية لم تول الدبر بوجهٍ ولا سبب فإن انهزمت قتل كل من ينصرف إليه منها فأما القواد وخليفته فمتى انهزموا أحضرهم وأحضر نساءهم وأولادهم فوهبهم بحضرتهم لغيرهم وهم ينظرون وكذلك دوابهم ومتاعهم وسلاحهم ودورهم

وربما قطع كل واحد منهم قطعتين وصلبهم وربما علقهم بأعناقهم في الشجر وربما جعلهم إذا أحسن إليهم ساسة.

وللملك الخزر مدينة عظيمة على النهر إتل وهي جانبان في أحد الجانبين المسلمون وفي الجانب الآخر الملك وأصحابه وعلى المسلمين رجل من غلمان الملك يقال له خز وهو مسلم وأحكام المسلمين المقيمين في بلد الخزر والمختلفين إليهم في التجارات مردودة إلى ذلك الغلام المسلم لا ينظر في أمورهم ولا يقضي بينهم غيره.

Fontes
Untitled Sans, Serif
Graphik Arabic

Papéis
Pólen Bold 70 g/m²

Impressão
Ipsis

Editora Carambaia
Av. São Luís, 86, cj. 182
01046-000 São Paulo SP
contato@carambaia.com.br
www.carambaia.com.br

ISBN
978-85-69002-71-0

CAR
AMB
AIA

Diretor-executivo Fabiano Curi

Editorial
Diretora editorial Graziella Beting
Editoras Livia Deorsola e Julia Bussius
Editora de arte Laura Lotufo
Editor-assistente Kaio Cassio
Assistente editorial/direitos autorais Pérola Paloma
Produtora gráfica Lilia Góes

Relações institucionais e imprensa Clara Dias
Comunicação Ronaldo Vitor
Comercial Fábio Igaki
Administrativo Lilian Périgo
Expedição Nelson Figueiredo
Atendimento ao cliente Meire David
Divulgação/livrarias e escolas Rosália Meirelles